BRONCO

I ddarllenwyr
sydd bron o'u co'

GWYN THOMAS

Cyhoeddiadau Barddas
2008

Argraffiad Cyntaf: 2008

ISBN 978-1-906396-14-5

Cyhoeddwyd gyda chymorth ariannol Cyngor Llyfrau Cymru

Cyhoeddwyd gan Gyhoeddiadau Barddas
Argraffwyd yng Nghymru gan Wasg Dinefwr, Llandybïe

"... ffantasi: lle y gall syniadau fwrw gwreiddiau
ar lun ffigurau elfennaidd."

(Italo Calvino)

Rydw i'n diolch i'm cyfaill Dafydd Glyn Jones am gael benthyg y teitl *Bronco*. Teitl papur rag Cymraeg myfyrwyr Prifysgol Cymru, Bangor, yr adeg pan oedd Dafydd Glyn yn fyfyriwr, oedd o yn wreiddiol.

CYNNWYS

1.

WYNSTON DRACIWLA DÊFIS

Roedd Wynston Draciwla Dêfis newydd orffen ei frecwast o stecan (waedlyd) gyda phaned o rywbeth cyfoglyd o wyrdd pan ddaeth cnoc ar y drws ffrynt. Pan agorodd o'r drws, pwy oedd yno ond Miss Agatha, Drws Nesa', yn dal, yn ei dwylo yn dyner, ffurflen wen. Meddai hi, "Meddwl yr oeddwn i, Mr Dêfis, y basech chi'n hoffi 'nghefnogi i i redeg marathon i godi arian at Gartre Cŵn Amddifad yn dre."

"Marathon! Cŵn! Amddifad!" ebychodd Wynston. "Wel wir Miss Agatha, be nesa!"

"Be nesa? Eich cael chi i dorri'ch enw ar y ffurflen yma i addo rhoi arian at yr achos os rheda i'r farathon," meddai Miss Agatha.

"Wrth gwrs, wrth gwrs," meddai Wynston. "Ychydig iawn o betha sy mor agos at fy nghalon i â chŵn amddifad, yr hen betha bach . . ."

"A mawr," meddai Miss Agatha, "hawliau cyfartal Mr Dêfis; i fach a mawr yr un hawliau."

"Debyg iawn," meddai Wynston. "Dowch i mewn, dowch i mewn."

Arweiniodd Miss Agatha i'r stafell ganol, lle'r oedd bwrdd derw cadarn, dwy gadair anesmwyth, set deledu anferth, llun o gastell tywyll a bygythiol yn Transylfania, a llenni trymion o liw gwaedlyd, tywyll.

"Steddwch," meddai, "a gwnewch eich hun yn gartrefol. Mi a' i i nôl rhywbeth i sgwennu."

"Mae gen i feiro," meddai Miss Agatha.

"Mae gen innau sgrifbin," meddai Wynston, "un efo nib dur." Yna aeth allan.

Tra roedd o allan edrychodd Miss Agatha ar y llun ar y wal. O edrych yn fanylach ar y castell gallai weld cawod o ystlumod duon o'i gwmpas, a dechreuodd amau eu bod yn symud.

"Nac ydyn siŵr," meddai wrthi ei hun yn ffyrnig.

Yna syllodd ar un o ffenestri gweigion y castell. Yn raddol dechreuodd wyneb ymffurfio yno: croen gwyn iawn, llygaid efo cyffyrddiad o goch yn eu gwynion nhw, gwallt tywyll fel y nos.

"Ddim yn annhebyg i Mr Dêfis!" meddai Miss Agatha wrthi'i hun. Yna ychwanegodd, yr un mor ffyrnig ag o'r blaen, "Nac ydi siŵr! A does yna ddim wyneb yna o gwbwl."

Yna daeth Wynston yn ei ôl. Rhoddodd botel sylweddol o inc ar y bwrdd, ac yna gosododd bin ysgrifennu creulon wrth ei hochor.

"Rŵan te, Miss Agatha, y ffurflen, os gwelwch yn dda," meddai gan estyn llaw fain fel crafanc wen at ei ymwelydd, a chan syllu i fyw ei llygaid gleision. Rhoddodd hithau ei ffurflen iddo.

"Fan'na, plis," meddai Miss Agatha, "arwyddwch yn fan'na. A nodi'r swm ym mhen draw'r llinell."

Agorodd Wynston y botel inc, cododd ei ysgrifbin a phlymio ei nib fel cyllell iddi.

"Coch! Inc coch ydi'ch inc chi," meddai Miss Agatha.

"Ie, coch ydi fy inc i," meddai Wynston, gan grafu ei ysgrifbin ar ymyl y botel fel bod y diferion dros ben yn syrthio iddi fel dafnau trymion o waed. Yna trawodd y nib ar bapur gwyn y ffurflen a stillio ei enw hyd y llinell mewn coch llachar.

"Mi ro i bunt y filltir ichi Miss Agatha," meddai, gan nodi hynny gyda thrywaniad ar ben draw'r llinell. "Dyna ni," meddai.

"Diolch," meddai Miss Agatha.

"Hoffech chi baned o goffi . . . neu rywbeth?" holodd Wynston gan wenu.

Sylwodd Miss Agatha fod dau ddant llygad Mr Dêfis yn hirion a miniog. "Dim coffi, diolch," meddai, "rydw i wedi dechrau ymarfer ar gyfer y râs, mae bwyta'n ddoeth, ac yfed yn ddoeth yn rhan o'r ymarfer."

"'Doeth' ydi'r gair, Miss Agatha, doeth iawn," meddai Wynston. "Os gwneud rhywbeth, yna ei wneud o'n iawn – dyna fydda i'n ei ddweud bob amser." Yna ychwanegodd, "Os nad coffi Miss Agatha, ga i gynnig rhywbeth arall ichi – llawn o faeth os ca i ddweud."

"Be ydi o?" holodd Miss Agatha.

"Sudd," meddai Wynston, "sudd o un o'r coed sy'n tyfu yn y wlad y ces i fy magu ynddi hi."

"A pha wlad ydi honno Mr Dêfis?"

"Transylfania."

"Llun o'r wlad honno ydi hwn'na?" gofynnodd Miss Agatha gan nodio'i phen at y llun ar y wal.

"Cywir," meddai Wynston. "Hen gartre'r teulu ydi hwn'na. Teulu bonheddig iawn yn ei ddydd, os ca i ddweud, Miss Agatha."

"Ers faint ydych chi yma, felly?" holodd hi.

"Rhoswch chi, rydych chi yma ers blwyddyn . . . wel, mi gyrhaeddais i fan'ma rhyw ddau fis go dda cyn hynny – wedi byw yng Nghymru am sbel cyn hynny, wrth reswm."

"O! Newydd-ddyfodiad i'r dre ydych chithau felly!" meddai Miss Agatha.

"Ie newydd-ddyfodiad, newydd-ddyfodiad yma, ond o hen, hen deulu; teulu sy'n gallu olrhain ei hanes i dywyllwch yr oesoedd Miss Agatha," meddai Wynston.

"A be ydi'r sudd yma felly?" gofynnodd Miss Agatha.

"Ffrwyth y planhigyn sy'n cael ei alw yn fy hen wlad i yn *Sanguis-major*," meddai Wynston.

"Sut beth ydi o?"

"Mi ddangosa-i ichi, Miss Agatha," meddai Wynston, ac aeth allan eto.

Trodd golygon Miss Agatha at y llun unwaith yn rhagor. "Oedd y drws yna'n agored pan edrychais i ar hwn y tro diwetha?" gofynnodd iddi ei hun. Ac atebodd yn bendant, "Wrth gwrs." Yna gwelodd ffigur tal mewn clogyn tywyll yn sefyll yn y drws. "Dydw i ddim yn credu hyn," meddai Miss Agatha wrthi ei hun. "Rhyw hen lol ydi peth fel'ma."

Ar y gair 'lol' daeth Wynston yn ei ôl. Roedd ganddo hambwrdd arian ac arno ddau wydryn yn llawn o rywbeth coch.

"Dyma'r stwff ichi," meddai Wynston. "Triwch o. Mi wnaiff o les ichi – mae hynny'n sicir."

Estynnodd Miss Agatha law wen liliaidd at y gwydryn.

"Stwff tew braidd," meddai gan ei astudio'n amheus.

"Tew i wneud lles," meddai Wynston. "Fyddwch chi ddim yr un fath ar ôl hwn."

Blasodd Miss Agatha y sudd. "Blas cry," meddai, "tebyg i be, os gwn i?"

"Tebyg i ddim a gawsoch chi o'r blaen, Miss Agatha," meddai Wynston, gan ddrachtio ei wydraid ei hun â'i lygaid yn sgleinio.

Ni sylwodd Miss Agatha ar hynny. Daliodd i sipian ei diod i ddechrau, gan godi ei gwydryn ac edrych ar ei gynnwys bob hyn a hyn. Yna cymerodd jóch go sylweddol, ac yna un arall; ac yna doedd dim ar ôl ond diferion coch yn llithro'n dew, fel dwy sarff, i lawr y tu mewn i'r gwydryn.

"Mae o'n neisiach wrth arfer ag o," meddai Miss Agatha.

"Felly rydym ni i gyd yn dweud," meddai Wynston.

"Pwy ydi'r 'ni' yma?" holodd Miss Agatha.

"Yr hen deulu," meddai Wynston, "yr hen deulu. Rŵan 'te, mewn ychydig funudau fe fyddwch chi'n teimlo rhinwedd y sudd yn mynd trwy'ch corff chi; mi fyddwch yn teimlo fel rhedeg dwy farathon – a hynny ddim ond ar ôl un gwydryn!"

Gwir y gair. Dechreuodd Miss Agatha deimlo rhywbeth tebyg i folcano o egni coch yn crynhoi yn ei hymysgaroedd, neidiodd ar ei thraed, cipio'r ffurflen oddi ar y bwrdd, a llamu fel ewig am y drws. "Diolch, o galon," meddai wrth Wynston. Llwyddodd hwnnw i symud fel gwiber am y drws ffrynt, ddim ond mewn pryd i'w agor i Miss Agatha saethu drwyddo a charlamu fel caseg-rasio i fyny'r allt yng nghefn y tai. Fel y diflannai dros y gorwel am y dref nesaf gwenodd Wynston yn foddhaus, a chyffyrddodd ei gilddannedd efo'i fysedd. "Effaith fel'na y mae'r stwff yma'n ei gael ar feidrolion," meddyliodd.

Y noson honno aeth Wynston allan, yn ôl ei arfer, i saethu cŵn. Yr oedd dyfeisio drylliau wedi hwyluso pethau'n arw iddo – er y byddai'n achlysurol yn mynd yn ôl at ei hen ffyrdd.

* * *

Aeth deuddydd heibio cyn i Miss Agatha ddod yn ei hôl. Roedd wedi rhedeg yr holl ffordd i Gaerdydd ac, nid yn annisgwyl, cymerodd fwy o amser iddi ddod yn ôl i'r gogledd nag a gymerodd iddi redeg yno, gan mai ar y trên y dychwelodd.

Roedd Wynston newydd ddechrau ar ei ginio, sef hanner pwys o iau amrwd, yn llifo o waed tywyll, pan glywodd gnoc ar y drws ffrynt. Miss Agatha oedd yno eto.

"Mr Dêfis," meddai, "wyddoch chi'r stwff yna ges i gennych chi i'w yfed – oes modd imi gael y rysêt imi gael rhoi cynnig ar ei wneud o fy hun."

"Mae'n ddrwg gen i, Miss Agatha, ond y mae'r rysêt yn un o hen gyfrinachau ein hen, hen deulu ni. Rydw i dan amod i beidio â datgelu dim amdano i neb yn y byd . . . hwn."

"O," meddai Miss Agatha, ac yr oedd ei siom yn lliwio'i llais.

"Felly y mae hi, Miss Agatha," meddai Wynston, "ond mi ddweda i wrthych be wna i: mi ro i lymaid bach ohono fo ichi pryd bynnag leiciwch chi."

"Beth am rŵan?" meddai Miss Agatha.

"Pam lai," meddai Wynston.

Gwthiodd Miss Agatha heibio iddo i'r tŷ a mynd i mewn i'r gegin, yn hytrach nag i'r stafell ganol fel o'r blaen. Gwelodd yr iau gwaedlyd ar blât Wynston, a chyllell fileinig ar un ochor i'r blât a fforc fnafog yr ochor arall iddi.

"Be ydi hyn, Mr Dêfis?" gofynnodd.

"Fy nghegin," atebodd hwnnw.

"Nid y lle, Mr Dêfis, ond hyn," a chyfeiriodd fys gwyn, gosgeiddig at yr iau.

"O," meddai Wynston. "O! . . . Ar gychwyn gwneud tamaid o ginio'r oeddwn i. Yn wir, chwilio am y badell ffrïo'r oeddwn i pan ddar'u chi guro ar y drws."

"Alla i fod o ryw help?" gofynnodd Miss Agatha.

Gan nad oedd gan Wynston badell ffrïo, nac unrhyw declyn arall at goginio, fe'i cafodd ei hun mewn cyfyng-gyngor braidd. Ond fe'i cafodd ei hun yn dweud,

"Rydw i'n synnu atoch chi, Miss Agatha, yn yr oes oleuedig hon, yn cynnig y fath beth. Hawliau cyfartal wyddoch, hawliau cyfartal – dim rhai dyletswyddau penodedig i ddynion ac eraill i ferched, Miss Agatha. Mi wna i fy nghoginio fy hun – dyma ydi fy rhesymol wasanaeth i. Ond diolch am y cynnig tra charedig, tra charedig. Braidd yn gyfyng ydi'r gegin yma, fel y gwelwch chi, Miss Agatha; hoffech chi fynd i'r stafell ganol tra rydw i'n paratoi'r sudd ichi?"

"Na, mi fydda i'n iawn yn fan'ma, diolch Mr Dêfis," meddai Miss Agatha. "Ga i eistedd yma o dan yr ham yma sy gennych chi'n hongian o'r to."

"Wel . . ." meddai Wynston, "braidd yn anodd fydd hi imi baratoi'r sudd ichi, a chithau yma efo fi – hen gyfrinach yr hen deulu a 'ballu wyddoch."

"O, os felly mi a' i i'r stafell ganol ynteu," meddai Miss Agatha.

"Caredig iawn," meddai Wynston.

Ar ôl iddi fynd, ac i Wynston wneud yn siŵr ei bod hi yn y stafell ganol, ac wedi iddo gau'r drws yn dynn, dyma fo'n mynd i ben y gadair drom oedd ganddo yn y gegin ac yn estyn i lawr yr hyn a dybiai Miss Agatha oedd yn 'ham'. Tynnodd y sachliain ac wedyn y seloffen oddi amdano, a datgelu corff gwaedlyd milgi. Yna gwasgodd lond dau wydryn o waed ohono, ac wedi ail-lapio'r milgi a'i hongian dan y to, ychwanegodd ddiferyn neu ddau o lemonêd at gynnwys un gwydryn.

Tra roedd hyn yn digwydd roedd Miss Agatha wedi llusgo un o gadeiriau trwm ac anesmwyth y stafell ganol o dan y llun o'r castell yn

Transylfania. Safodd arni a syllu'n fanwl ar un o'r ffenestri a'r drws. Doedd dim byd anarferol yno. Neidiodd i lawr oddi ar y gadair a'i llusgo yn ei hôl i'w lle. Edrychodd eto ar y llun. Gallai daeru fod llun wyneb yn yr un ffenestr ag o'r blaen, ac yna fod rhywun mewn clogyn du yn y drws. Yr oedd ar fin llusgo'r gadair at y llun unwaith eto pan glywodd ddrws y gegin yn agor. Ni chlywodd sŵn troed yn y lobi. Cododd ei golygon at ddrws y stafell ac yno safai Mr Dêfis efo'r un hambwrdd ag o'r blaen ac arno ddau wydryn.

"Os gwn i a glywodd o fi'n symud y gadair?" gofynnodd Miss Agatha iddi ei hun.

Daliodd Mr Dêfis yr hambwrdd at Miss Agatha, cymerodd hithau wydryn. Cydiodd Mr Dêfis yn y gwydyr arall a rhoi'r hambwrdd ar ben y set deledu.

"Iechyd da," meddai, gan lyncu ei ddiod ei hun mewn un dracht coch a llawen.

Sipiodd Miss Agatha ei diod hi un waith, ac yna llyncodd y gweddill ar ei thalcen.

Symudodd Wynston yn sydyn iawn; agorodd ddrws yr ystafell a'r drws ffrynt mewn un symudiad megis. Da oedd iddo wneud hynny, achos fe aeth Miss Agatha heibio iddo fel corwynt, ac yna roedd hi'n rocedu i fyny'r un allt ag o'r blaen, ond yn gynt o gryn dipyn y tro hwn.

"Rhaid imi gael gafael ar gwpwl o filgwn eto," meddai Wynston wrtho'i hun. "Y rhain ydi'r bois i roi tipyn o fynd yn Miss Agatha".

A'r noson honno aeth allan, yn ôl ei arfer, gyda'i wn o dan ei gesail.

* * *

Wythnos cyn y farathon fe welwyd Wynston yn mynd am y lle-bwci yn y dref. Cododd hanner dwsin o gwsmeriaid eu pennau wrth iddo ddod i mewn, ac yna troi'n ôl at y râs oedd yn cael ei theledu. Sugnai dau ohonynt, gyda deheurwydd rhyfeddol, ar stympiau o bethau a fu unwaith yn sigaréts.

"Su'ma'i heddiw?" meddai Wynston wrth y Wyddeles bengoch y tu ôl i'r cownter. Ar ôl iddi ei sicrhau ei bod hi'n ddigon da byth, diolch yn fawr, gofynnodd yntau, "Ydych chi'n cymryd bets ar y râs farathon?"

"Maen' nhw'n cymryd bets ar rasus malwod yn fan hyn, on'd ydyn Moira," meddai un o'r cwsmeriaid a glywodd yr ymholiad.

"A bets ar pryd y bydd y ddeilen gynta'n y dre yn newid ei lliw," meddai un arall, a fu'n fuddugol yn eisteddfod ei gapel mewn rhyw oes.

"Rydw i'n cymryd eich bod chi'n derbyn bets ar y farathon felly," meddai Wynston.

"Pa farathon, del?" holodd Moira.

"Y farathon i godi pres i gael Cartref Cŵn Amddifad yn dre," meddai Wynston.

"Mi fyddan nhw'n lwcus ar y naw os bydd yma unrhyw gŵn amddifad, neu fel arall, ar ôl yn y lle 'ma," meddai cwmser arall. "Mae un o filgwn rasio bôi drws nesa wedi mynd ar goll ers echnos. Mae o'n aros ar ei draed yn nos rhag ofn i Lôffer Ddy Thyrd ei heglu hi hefyd."

"Lôffer Ddy Thyrd?" holodd Wynston.

"Y fellten hyfryd," meddai bôi yr eisteddfod. "Y cyflymaf o holl gŵn Ynys Prydain a'i Gorynysoedd."

"Heblaw bod yn ffefret ar gyfer Darbi Dulyn," meddai'r nesaf ato.

"Felly wir. Diddorol iawn," meddai Wynston a oedd wedi troi i wynebu'r siaradwyr. Yn awr trodd yn ôl at Moira, "Mi hoffwn i fetio y bydd Miss Agatha yn dod yn gyntaf yn y farathon yma. Be ydi'r ods?"

Cododd Moira ffôn a chael gair gyda'i bòs.

"Ie," meddai, "ie . . . ie . . . ie . . . O.K. Deg i Un."

"Dyma ganpunt," meddai Wynston, "ar Miss Agatha i ennill." Piliodd ddeg o bapurau degpunt o'i waled a'u gosod nhw ar y cownter.

"A dyma'ch risît chi," meddai Moira.

"Diolch," meddai Wynston, ac yna gan droi at y cwsmer a soniodd am filgi ei gymydog, dywedodd, "Wnes i ddim dal ar y lle'r ydych chi'n byw."

"Ddywedodd o ddim," meddai'r eisteddfodwr. Yna ychwanegodd, yn farddonol ond yn anghywir, "Carafán mewn cwrr o fynydd."

"Sefntîn Tan-Graig," meddai'r cymydog.

"Lle braf," meddai Wynston, "braf iawn. Ac yn etîn y mae'ch cyfaill yn byw?"

"Twenti," meddai yntau. "Ond pam yr holi?"

"Fydda i byth yn betio ar gi cyn ei weld o," meddai Wynston. "Darbi Dulyn ddywedsoch chi yntê."

"Os ydi'r hogan yna'n werth rhoi canpunt arni, mi fedrwch fentro'r lleuad ar Lôffer Ddy Thyrd," meddai'r gŵr.

"Hwyl rŵan," meddai Wynston, a mynd.

Wedi iddo fynd, "Bôi clên," meddai'r eisteddfodwr. A chytunodd pawb.

* * *

Ddwy noson yn ddiweddarach diflannodd Lôffer Ddy Thyrd. Wrth roi adroddiad am y diflaniad i'r heddlu dywedodd ei berchennog fod yna, "Glamp o rywbeth mawr, fel mat yn fflio, wedi dod i lawr yn 'rar' gefn ac wedi cario Lôffer ymaith."

Wrth glywed hyn cadwodd yr heddlu eu pensiliau a'i throi hi am adref. Ond dyna, yn wir, oedd wedi digwydd. Ac ymddangosodd 'ham' arall a hongiai o drawst cegin Wynston. Canys y diwrnod wedyn oedd diwrnod y farathon.

* * *

Am naw o'r gloch y bore curodd Miss Agatha ar ddrws Wynston.

"Miss Agatha!" meddai yntau wrth ei agor iddi. "A heddiw ydi'r diwrnod mawr."

"Ie," meddai hithau, "wedi dod am fy sudd."

"Mae o gen i'n barod," meddai Wynston, a oedd newydd fod wrthi'n godro gwaed o gorff cynnes Lôffer Ddy Thyrd. "Ond dydych chi ddim am ei gael o rŵan. Yn union cyn y râs yr ydych chi i yfed hwn, yn union cyn y râs. Ac i wneud yn siŵr mai felly y bydd hi, mi ddo i draw efo chi at y lle cychwyn."

Aeth i nôl fflasg o'r gegin gefn, ac yna cychwynnodd o a Miss Agatha am y cae ynghanol y dref, man cychwyn y râs.

Roedd naw deg tri o redwyr, a'r rhan fwyaf ohonyn nhw'n neidio yn eu hunfan, neu'n rhedeg yn araf i godi eu gwres. Yna galwodd Dyn-y-Gwn ar bawb i gymryd eu lle. Mynnodd Wynston fod Miss Agatha yn cymryd ei lle yng nghefn un y dyrfa o redwyr.

"Ond mi fydda i dan anfantais," protestiai hi.

"Ddim o gwbwl, Miss Agatha," meddai Wynston yn gadarn. "Dipyn o ffydd yn y sudd, dyna'r ydych chi ei eisio, ffydd yn y sudd."

Clywyd Dyn-y-Gwn yn gweiddi rhywbeth yn y blaen. Yna dyna ergyd uchel y gwn-cychwyn. Yn awr y dadsgriwiodd Wynston gorcyn y fflasg a'i rhoi i Miss Agatha. Drachtiodd hi yn helaeth o'r ddiod. Safodd yn stond am ennyd, ac yna i ffwrdd â hi, fel mellten glaer ysblennydd. "Sgiwsiwch fi, sgiwsiwch fi," meddai wrth hwn a'r llall wrth wneud ei ffordd ymlaen, ac ymlaen, i'r blaen un. Wedi cyrraedd yno cafodd rwydd hynt, a gweledigaeth o wadnau ei hesgidiau yn unig a arhosodd yng nghof ei chyd-redwyr.

Roedd llwyddiant Miss Agatha yn llwyddiant ysgubol. A doedd llwyddiant Wynston ddim yn ddrwg – cyfrodd Moira fil a chant o bunnau iddo dros y cownter yn y siop bwci. Tra roedd yno dywedodd Wynston wrth y cwsmeriaid parhaol-bresennol, "Gyda llaw, mi es draw i geisio cael golwg ar Lôffer Ddy Thyrd, ond doedd dim golwg ohono fo."

"Rhyw gythra'l wedi mynd â fo," meddai'r eisteddfodwr, "rhywbeth du, tebyg i fat yn fflio."

"Ali Baba oedd o, mae'n siŵr!" meddai Wynston, ond 'ddar'u neb ddeall y cyfeiriad at y chwedl ddwyreiniol.

"Dydw i erioed wedi clywed am 'run Ali Baba ffor'ma," meddai cymydog Lôffer Ddy Thyrd.

"Mae'n rhaid mai o rywle arall y mae o'n dwad," meddai'r eisteddfodwr. "Mi basia i'r wybodaeth ymlaen i Sarjant Ifans."

* * *

Codwyd adeilad crand yn Gartref i Gŵn Amddifad y fro. Ar y diwrnod agoriadol roedd Wynston yno'n gwisgo bathodyn "Cefnogwr y Cŵn", ac yn sefyll yng nghefn y dyrfa fawr oedd wedi ymgasglu ar gyfer yr achlysur. Gwelodd Miss Agatha'n dynesu ato.

"Helo Mr Dêfis," meddai hi, "rydw i'n falch eich bod chi wedi medru dwad draw."

"Fuaswn i ddim yn colli amgylchiad fel hyn am y byd," meddai Wynston.

"Mae'r Pwyllgor Projectau wrthi'n asesu'r galw yn yr ardal am rywbeth arall a fydd o werth i'r gymdeithas yn y lle 'ma," meddai Miss Agatha.

"O, felly!" meddai Wynston. "Unrhyw syniadau?"

"Mae'n debyg mai Lloches i Dyrchod Daear fydd y dewis broject," meddai Miss Agatha.

"Marathon arall m'wn," meddai Wynston.

"O nage," meddai Miss Agatha, "rydym ni'n treio bod yn greadigol fel pwyllgor. Cystadleuaeth naid hir fydd hi, ac mi fyddwn ni'n codi arian fesul metr. Fel cystadleuydd, rydw i'n gobeithio y medra i ddibynnu ar eich cefnogaeth chi eto Mr Dêfis," meddai Miss Agatha, a rhoi winc arno a rhyw bwniad bach slei iddo yn ei 'sennau wrth fynd ymaith.

Wedi iddi fynd, trodd Wynston at y dyn a safai wrth ei ochor, "Dwedwch i mi," meddai, "sut le ydi fan'ma am lyffaint? Neu a oes yna barc cangarŵs yn y cyffiniau?"

2.

TAGU CI, YSTORI ADDYSGIADOL

Roedd gan Sandryr Knee gi o'r enw Ozymandias. Nid Sandryr a roddodd iddo'r enw rhyfedd hwn ond cyfaill ei thad a magwr cŵn aml ei orchestion mewn sioeau, sef Pyrsi B. Shileli. Talodd Tad Sandryr Knee trwy ei drwyn amdano. Hysgi oedd Ozymandias o ran brîd, ac yr oedd yn gi nobl, claerwyn, efo llygaid gleision. Bob nos breuddwydiai am Eira, hysgast ddeniadol yr oedd wedi llwyr ymserchu ynddi er pan nad oedd o'n ddim o beth. Ni wyddai Ozymandias ei bod hi, bellach, wedi mynd yn ôl i'w genedigol wlad i lusgo slejis hyd ddiffeithderau rhynllyd y gogledd. Dyheai hi, bob tro yr oedd hi'n gynhaig, am gwmni addolgar ei hardd Ozymandias yn lle'r giwed ddrewllyd yr oedd hi'n gorfod rhannu ei bywyd a'i bwyd efo nhw. Âi Ozymandias rhagddo i freuddwydio, mewn anwybodaeth gysurus, am ffawd ei fein-wen-a-du.

Ar ôl peth amser roedd Ozymandias wedi ymgartrefu'n iawn ar yr aelwyd, a 'setlo i lawr' fel y byddwn ni'n dweud – yn llythrennol felly yn achos Ozymandias, achos roedd hi'n anodd i neb bron fynd o fewn pellter cynhesol i'r tân pan fyddai o o gwmpas. Gorweddai'n un horwth claerwyn, fel mat – bygythiol-frathog braidd, a sgyrnyglyd – ar yr aelwyd.

"Roeddwn i'n meddwl fod peth fel hyn i fod i godi'i wres ei hun fel creadur o un o'r pegynnau oer," meddai Mam Sandryr Knee, "nid dod i aelwyd pobol dangnefeddus i hogio'r tân mewn modd peryglus."

Ond peryglus neu beidio, doedd ar Fam Sandryr mo'i ofn o, ac os trôi'n fygythiol câi gic go solet yn ei din ganddi. Roedd hyd yn oed

Ozymandias yn ddigon doeth i sylweddoli nad un i geisio manteisio arni oedd Mam Sandryr Knee.

"Tasa hon yn landio ar fy mhen i, trwy ryw hap," meddyliai Ozymandias, "mi fuasai'n waeth na chwymp eira." Ac, fel bob amser, wrth i'r gair 'eira' ddod i'w feddwl dechreuai udo'n ddagreuol.

"Be haru'r hownd yma, dywed," meddai Mam Sandryr Knee wrth ei merch, "yn uchel leisio heb reswm yn y byd."

Ni welai hi i ddyfnder calon hydeiml Ozymandias, ac ni allai hi amgyffred gwayw serch – wel sut y gallai hi, a hithau'n briod â Thad Sandryr Knee ers deng mlynedd ar hugain, a nosau lloergan ei hieuenctid wedi pylu yng ngolau neon y gegin ers tro byd. A, phrun bynnag, iddi hi, ci oedd ci; anifail oedd o, ac un oedd yn anfeidrol is yng Nghadwyn Bod na merched. Yn wir, yr oedd hi o'r farn fod y Fenyw (hi ei hun yn benodol) 'ychydig yn uwch na'r angylion', fel y byddai'r adnod yn mynegi'r peth – pe bai yna adnod am y fath ddirnadaeth.

Ar ôl i Ozymandias wir ymgartrefu dechreuodd Sandryr feddwl am fynd â fo i sioeau cŵn – wedi'r cwbwl, yr oedd o o waed coch cyfan: roedd y pris a dalodd ei Thad amdano fo'n brawf o hynny.

"Meddwl yr oeddwn i, Dad," meddai Sandryr, "am entro Ozymandias i Adran y Cŵn yn y Sioe Sir."

"Oes yna obaith i'r bythathgi ennill rhywbeth?" gofynnodd ei Mam.

"Wrth gwrs fod yna obaith," meddai Tad Sandryr, "mae Ozymandias yn gi pedigri; ei bedigri fo gostiodd baced i mi. Mae'n bryd iddo fo ddechrau ennill tipyn o bres i dalu am ei le."

"Iawn, Dad," meddai Sandryr, "mi wnaiff o gyfarth ar ei fwyd ei hun o hyn ymlaen, gobeithio."

Ond ddar'u hynny ddim digwydd ar un waith. Yn hytrach mi ddechreuodd trwy i Sandryr ddechrau prynu bwydydd tun efo enwau crand i Ozymandias, "Yr union beth at fagu dipyn o fridin," chwedl y Dyn Siop-bwydydd-anifeiliaid. "Dyma ichi hwn," meddai gan ddal tun efo llun labrador melyn arno fo, "mae yna iau yn hwn sydd, fel rydych chi'n gwybod, yn llawn o feitamin B i roi sglein ar ei gôt o. A dyma ichi'r briwsion esgyrn yma sydd wedi eu hail-sylweddu, a'u hydreiddio efo mêr naturiol – y feri peth at gryfhau ei ddannedd o."

"Fuasai hi ddim yn well iddo fo gnoi esgyrn?" holodd Sandryr.

"Rhy goman i gi pedigri," meddai'r dyn, "mae pob mwngrel hyd y lle yma'n danheddu'r rheini."

Beth bynnag am gynghorion proffidiol (iddo fo) y Dyn Siop-bwydydd-anifeiliaid, ar ei arddangosiad cyntaf mewn sioe fe enillodd Ozymandias nid yn unig y Gorau yn ei frîd ei hun, ond hefyd lawryf Ci Gorau y Sioe. Cafodd Sandryr wobr ariannol o ganpunt a dwy gwpan am fuddugoliaethau Ozymandias, a chafodd yntau werth hanner canpunt o Fwyd-Ci Organig, rhoddedig gan y cwmni a noddai y sioe. Tynnwyd llun Sandryr ac Ozymandias ar gyfer papur taleithiol, dau bapur-am-ddim lleol, a phapur bro yr ardal. A buasai'r ddau wedi bod yn eitem ar raglen deledu hwyrol ar faterion o ddiddordeb cyffredinol pe na bai Ozymandias wedi rhoi ei gas ar gyflwynydd y rhaglen honno a'r dyn-camera a gwrthod iddyn nhw ddod o fewn pellter argyhoeddiadol ar gyfer teledu graenus – "Fyddai eitem mewn Saethiadau Pell Iawn ddim yn gweddu," fel y dywedodd y cyflwynydd wrth encilio'n wysg ei gefn o bresenoldeb danheddfawr Ozymandias.

Dyma oedd dechrau gyrfa Ci-Sioe fuddugoliaethus iawn Ozymandias. Yn wir, roedd hyd yn oed Fam Sandryr Knee wedi rhyw glosio ato oherwydd ei lwyddiannau – ac oherwydd ei bod hi wedi dod i hawlio cyfran o'i enillion am ei gyfran o'i haelwyd, Cyfran am Gyfran, chwedl hithau. A diau y byddai popeth wedi bod yn dra dymunol pe bydden nhw wedi mynd rhagddynt yn y modd hapus hwn. Ond un dydd daeth Dewyrth Sandryr Knee draw am bnawn, sef Yncl Joss. Ffansïai Yncl Joss ei hun fel Dyn-Cŵn, er nad oedd o ddim – fel y profai'r fynwent gŵn yn ei ardd gefn i'r neb o farn ddiduedd. Ond ni wyddai Sandryr, na'i rhieni, ddim oll am hyn.

“’Taet ti’n gofyn i mi,” meddai Dewyrth Joss, “mi fuasai hwn” – gan nodio i gyfeiriad Ozymandias – “yn gallu bod yn Enillydd Cenedlaethol, efo dipyn o faeth arbenigol.”

“Be ydi peth felly?” holodd Sandryr.

“Nid pawb sy’n gwybod hyn ’sti,” meddai Dewyrth Joss, “ond mae cŵn – pob ci heb eithriad – yn ffynnu ar bwdin.”

“Pwdin!” ebychodd Mam Sandryr Knee. “Paid â siarad mor wirion.”

“Ffaith iti Glenys,” meddai Dewyrth Joss wrth Fam Sandryr Knee. “Wyt ti ddim yn cofio am gŵn Tada ers talwm?”

“Doedd gan y rheini ddim dewis,” meddai Mam Sandryr Knee. “Ysglyfio be fedran nhw neu lwgu oedd hi arnyn nhw.”

“Doethineb Glenys,” meddai Dewyrth Joss, “doethineb Tada oedd hynny. Cadw ei greaduriaid yn effro, yn fein-gall, ar flaenau eu traed, yn barod am unrhyw gyfle, yn rhai oedd ar flaen y gad ym mrwydrau bywyd.”

“Paid â rwdlan,” meddai Mam Sandryr Knee. “Seicopaths oedd y cwbwl lot ohonyn nhw, a seicopath fuaset tithau taet ti wedi gorfod sgrywnjan am dy damaid am oes.”

“Pwdin, dyna oedd y gyfrinach,” cyhoeddodd Dewyrth Joss fel un o oraclau Delphi.

“Chlywais i erioed y fath rwtj!” ebychodd Mam Sandryr Knee.

“Gwawdia di faint fynni di, Glenys, ond rydw i’n dweud wrthyt ti fod Tada wedi ei gweld hi,” meddai Dewyrth Joss, “ond fel pob arloeswr, pob gwir broffwyd, pob athrylith, ’chafodd o ddim cydnabyddiaeth yn ei ddydd.”

“Cydnabyddiaeth o ddiawl,” meddai Mam Sandryr Knee, wedi ei chythruddo i eiriau mwy nag arfer, “pa gydnabyddiaeth y gallai o ddisgwyl, ac yntau y diogyn mwyaf diffaith yng ngwledydd Cred. Mam druan!”

“Rwan Glenys, parch i goffadwriaeth y marw,” meddai Dewyrth Joss, gan godi ei olygon tua’r nenfwd.

Ond er gwaethaf dihysbyddiadau ei Mam o honiadau Dewyrth Joss, roedd Sandryr Knee yn llai argyhoeddedig o dwpdra ei Dewyrth na hi. Efallai fod gan y ffaith ei fod yn edrych yn debyg i'r llun hwnnw o Moses – ynteu Jeremeia? – ym Meibl y Plant a wnelo â'i chredinedd. Ar ôl i'w Mam stympian allan i'r gegin-gefn holodd hi ei Dewyrth, "Yncl Joss, pa bwdin roedd Taid yn ei roi i'w gŵn?"

"Cwstad," atebodd yntau gydag arddeliad, "cwstad melyn."

Ar ôl ymborthi'n helaethlawn wrth fwrdd ei chwaer, aeth Dewyrth Joss am adref.

Ar y dechrau roedd Sandryr Knee rhwng dau feddwl, neu'n fwy cysact, rhwng Bwyd-ci Organig a phwdin. Ond, yn raddol bach ac yn gyfrinachol, dechreuodd roi mymryn o gwstad i Ozymandias bob hyn-a-hyn. Ffynnai yntau ar yr ychwanegiad hwn at ei ddeiet ddiflas, ac aeth rhagddo i ennill un fuddugoliaeth ar ôl y llall mewn sioeau.

Yna daeth Modryb Cadi draw o'r de am wythnos o wyliau efo'i chwaer. Roedd hi wedi cael breintiau, chwedl Mam Sandryr Knee, 'wedi bod yn Ditjiyr'. Am hyn, tueddai Mam Sandryr Knee i'w thrin fel un a fu mewn Uchel Alwedigaeth, fel un y clywodd ei Thad, a hyd yn oed ei Mam, yn ei chlodfori fel un a oedd wedi 'manteisio ar ei chyfle, a dod ymlaen yn y byd'.

"Y ci yma sy gen ti, Sandryr," meddai Modryb Cadi, "ci del, ci llwyddiannus dwi ddim yn dweud, ond nid da lle gellir gwell."

"Sut felly?" gofynnodd Sandryr.

"Roedd gan Tada – heddwch i'w lwch –" meddai hithau, "rysêt arbennig i'w gŵn. Ti'n cofio, Glenys, fel y byddai Tada efo'r cŵn hynny ers talwm?"

"Yn eu cadw nhw ar eu cythlwng wyt ti'n feddwl?" gofynnodd Mam Sandryr Knee.

"Dyna un ffordd o edrych ar y peth, efallai," meddai Modryb Cadi, gyda sniff, "ond nid fel yna y buaswn i'n edrych arno fo. Mi fuaswn i'n tueddu i alw'r peth yn seicolegol graff, yn arloesyddol . . ."

"Gair Titjiyr," meddyliodd Mam Sandryr Knee, gan gofio am edmygedd ei rhieni.

". . . ac, ond odid, gweledigaethyddol," gorffennodd Modryb Cadi ei haraith.

"Manteision dysg!" meddyliodd Mam Sandryr Knee eto.

"Sut olwg oedd ar gŵn Taid?" holodd Sandryr Knee.

"Ysbrydol," atebodd Modryb Cadi.

"Onid drychiolaethus," meddai Mam Sandryr Knee gan gefnu am y gegin-gefn i wneud paned – roedd ei chwaer erioed yn hoff o'i Phaned Bedwar, a disgwyliai i'w chwaer gilio i wneud un iddi, fel y disgwyliai i'w Mam wneud un ers talwm.

"Be oedd cyfrinach weledigaethyddol Taid?" gofynnodd Sandryr Knee.

"Da chdi!" meddai Modryb Cadi, "Ehanga di dy eirfa ar bob cyfrif. Cyfrinach gwnyddol dy Daid? . . . Pwdin."

"Unrhyw bwdin arbennig?" gofynnodd Sandryr.

"Pwdin bara," atebodd Modryb Cadi. "Ond mae'n debyg na wyddost ti, o'r genhedlaeth bresennol, ddim be ydi pwdin bara."

"Bara efo cyrrins ynddo fo?" gofynnodd Sandryr.

"Cywir!" meddai Modryb Cadi, gyda syndod.

"Ond roedd Yncl Joss yn dweud mai cwstad oedd y gyfrinach," meddai Sandryr.

"Cymysgu, wel'di. A dweud y gwir iti, dipyn o rwdlyn fu dy Ddewyrth Joss erioed. Ddim yn un am fanylion, ti'n deall," meddai Modryb Cadi. "Pwdin bara oedd y pwdin."

Ar sail awdurdod athrawesyddol ei Modryb dechreuodd Sandryr roi tipyn o bwdin bara ei Mam i Ozymandias yn achlysurol, gan ddal at y cwstad hefyd yn ei dro. Slaffiai Ozymandias y cyfan a gynigid iddo ac edrychai, yn wastad ar ôl slaffio, yn hiraethlon ac amddifad ar ei blât wag. Ac aeth ymlaen o nerth i nerth, o fuddugoliaeth i fuddugoliaeth yn y sioeau, gan godi ei olygon at Sioe Fawr Llundain.

Yn lled annisgwyl un bore Sadwrn pwy landiodd ar riniog Tŷ Sandryr Knee ond Modryb Mini, chwaer hynaf un ei Mam, wedi diengyd – unwaith eto – o'r Cartref Hen Bobol lle preswyliai.

"Mae'r uffernols wedi ei gadael hi allan eto," meddai Tad Sandryr Knee. Byddai'n rhaid i'r Tad hwn fynd â hi yn ei hôl wedi iddi gael llond ei bol o ginio a the helaeth.

Uwchben ei chinio byddai Modryb Mini (a enwyd, yn obeithiol, ar ôl ewyrth i Fam Sandryr Knee a wnaeth ffortiwn yn Minnesota, U.D.A.) yn dueddol o droi'n hiraethlon ac atgofus, "Glenys, wyt ti'n cofio fel y byddai Tada, yr hen greadur, yn gwneud ei orau glas inni yn yr hen ddyddiau?" gofynnai – byddai'r cwestiwn hwn yn haeddu cael ei alw yn 'fformiwla' gan Ymchwilwyr Llên Gwerin, ond gan nad oedd Tad Sandryr Knee yn un o'r rheini, fe ddyrchafai ei lygaid bolwyn tua'r nenfwd a myngial yn glywadwy dan ei wynt, "Yr un un hen ystrydebau diflas, diflas; syrffedus, syrffedus. Y nesaf fydd, 'Wyt ti'n cofio'r hen dlawd?' "

"Wyt ti'n cofio'r hen dlawd," meddai Modryb Mini, "efo'r hen gŵn hynny, mor drafferthus, mor ofalus, mor gariadus?"

"Nac ydw siŵr. Paid â myllio. Crinc oedd o efo pawb ond fo'i hun ac, efallai, Cadi," meddai Mam Sandryr Knee yn ffrom. "Fo a'i hen gŵn piwis."

"Rŵan Glenys, parch; parch at y marw yn ei arch," meddai Modryb Mini, gan ymroi yn ddiarwybod i odli – a pha ryfedd hynny, a hithau wedi cael ei hyfforddi i adrodd gan Esgynfab, aelod o sawl gorsedd ac enillydd cwpanau lu a chadeiriau o amryfal feintiau.

" 'Nid yw'r felin heno'n malu'," meddai Tad Sandryr Knee yn ei sibrwd hyglyw eto.

" 'Nid yw'r felin heno'n malu, Dan ei phwn wrth drothwy'r môr' – wyt ti'n cofio fel y byddwn i'n ennill ar hon'na, Glenys?" gofynnodd Modryb Mini.

"Ydw, ydw nen' Tad," meddai Mam Sandryr Knee. "Mi wnest ti geiniog go lew efo hon'na."

"Does yna ddim pethau fel'na rŵan, yr hen, hen bethau. Telifision a sgrwtj ydi popeth rŵan. Rydym ni'n gorfod gwrando ar yr hen beth yn rhuo Saesneg o fore gwyn tan nos yn yr hen le 'cw. Sôn am ddiwylliant – diwylliant llyffant, dyna fydda i'n ei alw fo, diwylliant llyffant," meddai Modryb Mini.

"Does gan lyffaint ddim diwylliant," meddai Tad Sandryr Knee, yn gyhoeddus y tro hwn.

"Mwy nag oes gan y pethau telefision yma," meddai Modryb Mini. "A dydi 'llyffaint' ddim yn odli," meddai hi.

"Dyna pam y maen' nhw mor ddi-ddiwylliant siŵr iawn!" meddai Tad Sandryr Knee, yna ychwanegodd, yn ei sibrwd llwyfan. "'Dywed i mi, Sandryr, be ydi enw'r ci yma sy gen ti?'"

"Dywed i mi, Sandryr, be ydi enw'r ci yma sy gen ti?" gofynnodd Modryb Mini.

"Ozymandias," meddai Sandryr.

"Ozymandias, enw neis; neis iawn. Enw barddol . . ." meddai Modryb Mini.

"Os nad enw barddonol," meddai Tad Sandryr Knee, ar ei thraws.

"Nage, Leonard," meddai Modryb Mini, "enw barddol brawd Esgynfab, a oedd wedi bod yn soldiwr yn yr Aifft. Bardd da iawn hefyd. 'Yng nghesail y mynydd unig, Mae cartref yr hebog a'i gyw,' – un o'i bethau fo, os cofia i'n iawn. Ozymandias! Ci del hefyd, Sandryr; del iawn."

"Enillydd llawer o wobrau," meddai Sandryr.

"Ond nid mewn eisteddfodau!" meddai Modryb Mini. "Sioeau cŵn?"

"Debyg iawn," meddai Mam Sandryr Knee.

"Glenys, be oedd Tada yn ei roi i'w fwyta i'w gŵn hefyd?" gofynnodd Modryb Mini.

"Awyr iach a golau dydd," meddai Mam Sandryr Knee.

"Paid â rwdlan, hogan," meddai Modryb Mini. "Choelia i byth mai rhyw fath o bwdin oedd o. Cŵn nobl hefyd. Wyt ti'n cofio, Glenys?"

"Chdi sy'n rwdlan rŵan, Mini; cŵn ar y naw oedden nhw," meddai Mam Sandryr Knee.

"Pwdin, pwdin – dyna iti beth i'w roi i gi, Sandryr Ni!" meddai Modryb Mini.

"Pa bwdin?" gofynnodd Sandryr.

"Glenys, pa bwdin oedd o hefyd?" gofynnodd Modryb Mini.

"Roedd y cŵn yna'n gorfod bwyta beth bynnag y gallen nhw gael eu hen bawennau budur arnyn nhw. Pwdin wir!" meddai Mam Sandryr Knee.

"Ie pwdin oedd o," meddai Modryb Mini.

"Pa bwdin?" gofynnodd Sandryr eto.

"Aros di, rydw i'n rhyw gofio mai pwdin sego oedd o," meddai Modryb Mini. "Ie, dyna fo, pwdin sego oedd o."

"Wela i," meddai Sandryr Knee.

Ar ôl prynhawnol de o fara brith, teisennau cri, a sgons hufennog bodlonai Modryb Mini i Dad Sandryr Knee fynd â hi'n ei hôl i'r Cartref.

"'Yn ôl, yn ôl, ond nid i fy nghartref ysbrydol'," meddai Tad Sandryr Knee wrtho'i hun.

"Yn ôl, yn ôl, ond nid i fy nghartref ysbrydol," meddai Modryb Mini fel y tynnai'r car o libart y tŷ i'r ffordd fawr. "Ta-ta; ta-ta."

Anaml y gwelid pwdin sego ar fwrdd Mam Sandryr Knee.

"Gawn ni bwdin sego, Mam?" gofynnodd Sandryr Knee un diwrnod.

"Dwyt ti erioed yn coelio'r hyn ddywedodd dy fodryb!" meddai Mam Sandryr Knee mewn syndod.

"Jest i weld be ddigwyddith," meddai Sandryr.

"Trychineb, dyna be ddigwyddith; trychineb," meddai Mam Sandryr Knee.

"Dim ond un waith, plîs Mam plîs," erfyniodd Sandryr.

"Un waith, ac un waith yn unig," meddai ei Mam, "mae'n gas gen i'r sglyfaeth peth – grifft y broga, grifft y broga."

Ni ddeallodd Sandryr y geiriau olaf hyn a thybiodd mai sôn am lyffant o'r enw 'Gruff' yr oedd, ond ni allai ddeall pam. Y peth pwysig iddi hi oedd fod ei Mam wedi cytuno i wneud pwdin sego.

Amser cinio dydd Sul fe ymddangosodd y pwdin sego ar y bwrdd.

"A be ydi'r anfadwaith hwn?" gofynnodd Tad Sandryr Knee.

"Sego, math o bwdin," esboniodd ei Mam.

"Pwdin!" ebychodd ei Thad. "Grifft y broga!"

"Dyna ddwedais innau," meddai Mam Sandryr, "ond Sandryr yma oedd yn mynnu ei gael o."

"Wel, mi ceith hi o i gyd o'm rhan i," meddai Tad Sandryr, a daeth atgofion adfydus o giniawau ysgol i'w feddwl fel un o arteithiau Infferno Dante.

"A finnau hefyd," meddai Mam Sandryr. "Yli, Len, mae gen i hwn i ni," gan fynd i nôl pwdin bara a chwstad o'r gegin. "Roeddwn i'n amau mai fel hyn y byddai hi."

"Diolch byth," meddai Tad Sandryr Knee.

A dweud y gwir, nid oedd Sandryr yn rhyw ffansïo'r pwdin sego ychwaith – deallodd ystyr yr ymadrodd 'grifft y broga' o'i weld o – ond fe wnaeth ymdrech deg i lwyo amryw lwyeidiau ohono i'w cheg a'i lyncu, heb ei gnoi, a chan wneud ymdrech yr un mor deg i reoli ei dychymyg wrth ei lyncu. Ond daeth ei hymdrechion i ben, a hanner dysglaid o bwdin ar ôl.

"Mi wna i glirio'r bwrdd, Mam," meddai Sandryr. "Doswch chi a Dad i weld 'Eastenders'."

Ar ôl i'r ddau fynd i'r Stafell Deledydd, dechreuodd Sandryr glirio'r bwrdd am dipyn, nes ei bod hi'n sâff fod ei rhieni'n cysgu'n sownd o flaen yr Eastendwyr. Yna aeth at y drws cefn a'i agor. Roedd Ozymandias yno'n disgwyl hynny, a daeth i mewn yn eiddgar-ddisgwylgar i weld beth oedd ar gael. Anwybyddodd y Bwyd-Ci Organig a mynd at y pwdinau – lluosog, fel y sylweddolodd yn syth – ar unwaith. Slaffiodd y cwstad i ddechrau, yna weddillion y pwdin bara; yna edrychodd ar y pwdin sego, gyda pheth amheuaeth i ddechrau. Ond yna cymerodd gegiad, ac un arall; a chyn hir roedd wedi clirio'r cwbwl lot. Yna aeth allan i'r ardd i orwedd eto yn yr haul.

Roedd wedi bod yno am ryw chwarter awr pan ddechreuodd deimlo'n giami. Dechreuodd udo'n ddolefus. Rhuthrodd Sandryr allan ato, yn llawn pryder. Erbyn hyn roedd Ozymandias ar ei draed ac yn cael ei sgrytian gan rywbeth tebyg i gyfog gwag.

"Mam, Dad, Mâm," gwaeddodd Sandryr gan redeg i'r tŷ. Cythryblwyd ei rhieni'n ddirfawr gan ei gofid a rhuthrodd y ddau i'r ardd i'w chanlyn. Erbyn hyn roedd golwg legach iawn ar Ozymandias; roedd yn ei gwman, yn gwegian, gan gael ei esgrydu gan besychiadau adfydus. Daeth Tad Sandryr Knee ato, codi ei law a rhoi iddo ergyd galed ar ei war â chledr ei law. Llifodd cymysgedd amryliw, hynod o anffansïol allan o enau Ozymandias i'r gwely blodau. Peidiodd ei arteithiau. Gorweddodd ar ei fol yn edrych yn adfeiliedig, ond yn well. Trodd bâr o lygaid dioddefus ond diolchgar ar Dad Sandryr Knee, ac yna rhoddodd ei ben ar ei bawennau, a chyn hir syrthiodd i gysgu.

"Gormod o bwdin dagith gi," meddai Mam Sandryr Knee. Ac yma, gyntaf, y dywedwyd y gair hwn, ac y diarhebwyd ohono o hyn allan.

"Bwyd-Ci Organig i hwn o hyn allan," meddai Tad Sandryr Knee.

"Ddudish i ddigon do?" meddai Mam Sandryr. "Y lol yna am Tada a'i gŵn. Ac rydw i'n synnu atat ti, Sandryr, yn rhoi clust i'r fath lol. Ond mi ddysgaist ti dy wers on'd do, madam. Dy Fam sy'n gwybod orau."

"Do, ac ie," meddai Sandryr gan edrych fel ci lladd defaid.

Y mae'r ystori addysgiadol hon bron ar ben. Yr unig beth sydd ar ôl i'w ddywedyd yw i Joe Esgimô, a oedd yn byw yn nhŷ pen y rhes lle'r oedd Sandryr Knee yn byw, daro heibio ryw wythnos yn ddiweddarach, yn arwain gast ar dennyn.

"Meddwl y buaset ti, Len, yn leicio cael hon," meddai. "Anrheg o'r gogledd oer, a'r pegynnau pell – y rhew'n prinhau yno efo'r nwyon gwenwynig yma y mae'r ddynoliaeth yn eu rhechan i'r entrychion."

Os ydych chi'n gyfarwydd â chwedlau-diwedd-hapus fe fyddwch yn gwybod heb i neb ddweud wrthych pwy oedd yr ast o'r gogledd. Neb llai nag Eira! Dydyn nhw ddim yn priodi a setlo i lawr mewn straeon cŵn; yr hyn y maen' nhw'n ei wneud ydi cwna a chenhedlu ac esgor – yn yr achos hwn, ar gŵn pedigri gwerthfawr. Mi dalodd ei fuddsoddiad mewn ci ar ei ganfed i Dad Sandryr Knee. Ac, o ie, 'welodd Ozymandias nac Eira, na'r un o'u torllwythau ddim hyd yn oed lond llwy de o bwdin yn eu byff byth wedyn.

3.

YR YSTLUM-FACHAN

"Mae'n rhaid fod gan fywyd fwy i'w gynnig na hyn," meddyliodd Reginald Ponsonby-Smythe. Ar y pryd yr oedd hyd at hanner ei fwtjias mewn baw ieir yn ceisio carthu un o gytiau ei Fodryb, Olwen Gwenhwyfar. Hyn oedd syniad ei Fodryb o wyliau hapus i'w nai – a ffordd hwylus o lanhau'r cytiau ieir iddi hithau.

"Modryb," meddai Reginald, wedi iddo gyrraedd y tŷ, "rydw i'n rhoi'r gorau i'r llnau baw ieir yma."

"Taw gweud!" meddai Modryb. "A pham wyt ti am roi'r gorau i jobyn nêt fel hyn?"

"Am nad ydi hi ddim yn talu."

"Ie, wel, math o brentisieth yw hi t'weld. Unweth y byddi di wedi meistroli dy grefft, wêl, fe elli di fynd obeutu'r ardal hyn a gofyn faint fynni di – 'sdim llawer o garthwyr cytie ieir i gael."

"Na, Modryb, rydw i'n rhoi'r gorau iddi hi. 'Does yna ddim dyfodol yn y llnau cytiau ieir yma."

"A be wnei di felly sbo?"

'Doedd Reginald ddim wedi meddwl dim am hynny, felly fe ddywedodd y peth cyntaf a ddaeth i'w ben. "Rydw i am fod yn Dracilyr."

"Dracilyr! Dracilyr! Hen beth dannedd mowr a llygaid cochion sy'n llercian yn y nos i wneud pethe mochedd fel sugno gyddfe pobol ddiniwed! Na, Reginald, 'smo ti'n mynd i fod yn Dracilyr, yn un o'r meirwon byw – yn *live-in dead*, ys gwedon nhw. A ta beth, ma digon o'r rheini i gael yn y lle hyn eisiws – 'na ti dy Ddewyrth, er enghrefft."

"Wel mi wna i fod yn Ystlum-Ddyn 'te."

"Ystlum-Ddyn?" Ystyriodd Modryb am ychydig. "Ystlum-Ddyn? Ie, 'na welliant, Reginald; fe elli di fod o fudd i Gymdeithas yn ymladd o blaid Cyfiawnder – fe fydd hynny'n talu iti. Ond, Reginald, Ystlum-Fachan fyddi di, gan dy fod di mor ifanc."

"Mi fydd arna i eisio siwt."

"Bydd, bydd. Aros di, ma 'da fi hen gyrten lan llofft, un du; fe wnaiff hwnnw glogyn nêt iti."

"Ond mae eisio mwgwd hefyd."

"Fe wn i 'na, Reginald, ond clogyn yw'r peth pwysica 'tweld – elli di ddim bod yn Grwsadydd Clogynnog heb glogyn."

Ystyriodd Modryb am ychydig, yna dywedodd, "Ma 'da fi hen fala-clafa mowr yma. Fe gei di ei dynnu e i lawr dros dy wyneb – cwpwl o dylle i dy lyged ac un i dy drwyn, a dyna ti! Ac fe gei di wisgo ofyrôls dy Ddewyrth."

"Beth am Ystlum-o-mobil?"

"Ma 'da dy ddewyrth feic on'd oes e? – wel fe fydd gen ti Ystlum-o-Feic, Reginald."

Felly y daeth Reginald Ponsonby-Smythe i fod yn Ystlum-Fachan cyntaf Cymru.

Ar fore'r trydydd diwrnod ar ôl penderfyniad Reginald i fod yn Ystlum-Fachan ac ar ôl i hysbysiad, gyda rhif ffôn, ymddangos yn y papur lleol ynglŷn â'i wasanaeth, roedd Reginald yn eistedd yn nhŷ ei Fodryb wrth ochr yr Ystlum-o-Ffôn yn disgwyl am alwad. Mud iawn oedd y ffôn. Yr unig alwad a ddaeth oedd un i'w Fodryb yn gofyn am ddau ddwsin o wyau. Syndod braidd i Mrs Huws, Tylegarw, ar ben arall y ffôn, oedd clywed llais Reginald.

"Ystlum-Fachan yma, be ydi'r drafferth?"

"Y drafferth," meddai Mrs Huws, "er na fuaswn i'n galw'r peth yn drafferth chwaith ontefe, ydi nad oes 'da fi ddim wy i'w gael yn y tŷ a 'mod i'n disgwyl fy nghefnder a'i wraig draw i de. A 'does dim sy'n plesio Elsie – hi ydi gwraig fy nghefnder ontefe – yn well na chael teisen sbwnj gyta dishgled o de. Ac i wneud teisen sbwnj ma rhaid i fi gael wye."

"Nid mater i Ystlum-Fachan ydi hyn," meddai Reginald. Yna gwaeddodd, "MO-DRYB! MO-DRYB! Neges i chi."

Bu Reginald yno, wrth y ffôn, tan hanner awr wedi chwech cyn iddo ganu'r ail waith.

"Helo?" meddai.

Daeth chwerthin anodd iawn ei ddisgrifio i'w glustiau. Yr oedd, efallai, hanner y ffordd rhwng crawc brân oedrannus a chrawc llyffant dan annwyd.

"Helo?" meddai Reginald eto. "Ystlum-Fachan yma; 'alla i fod o ryw help ichi?"

Yna daeth llais dros y ffôn: "Fi ydi'r Broga . . ."

"Llyffant ydych chi'n feddwl?" holodd Reginald.

"Ie i dwpsod," meddai'r llais. "Fe fydda i'n dechrau ar fy nheyrnasiad o ofn heno . . ."

"Teyrnasiad o ofn! Am Gymraeg dwy a dimai!" meddai Reginald. Yna, gan gofio ei fod yn Ystlum-Fachan, cryfhaodd ei lais, "Yli'r Llyffant, 'waeth iti be wnei di, 'elli di ddim ffoi oddi wrthyf fi a Chyfiawnder."

"Fe gawn ni weld," meddai'r Broga, a chyda chwerthiniad dieflig rhoes y ffôn i lawr.

"MO-DRYB," gwaeddodd Reginald.

"Be sy, bach?" meddai hi.

"Rydw i wedi cael yr Alwad Gyntaf i Ystlum-Fachan."

"Oddi wrth pwy, del?" gofynnodd Modryb.

"Oddi wrth y Llyffant."

"Wel, jiw-jiw," meddai Modryb, "a ma fe'r Broga wedi ffonio!"

"Mae o ar fin dechrau ei 'deyrnasiad o ofn'," meddai Reginald. "Dyna ichi Gymraeg!"

"'Na gelwydd," meddai Modryb, "ma'r ffordd ma fe'n gyrru ei fotobeic wedi hala ofn ar yr ardal hyn ers ache."

"Be ydych chi'n ei feddwl?"

"Y Broga hyn – iti gael deall – Wil Tato yw e. Ma fe'n hala ofn ar bawb yng Nghartre'r Hen Bobol trwy chwyrnellu heibio'r lle am hanner nos."

"Fe setla i o," meddai Reginald, gan ddechrau newid i'w ddillad Ystlum-Fachan.

"Fe a' i i baratoi'r Ystlum-o-Feic," meddai Modryb.

Ymhen ychydig yr oedd yr Ystlum-Fachan wedi cyrraedd Cartre'r Hen Bobol. Roedd y cartref ar ei ben ei hun ar waelod allt, ac ar dro mewn ffordd drol. Yr ochr arall i'r ffordd iddo roedd pwll hwyaid, ysglyfaethus o fudr, fferm Ephraim Williams. Câi'r hen bobol ddifyrrwch mawr wrth wylio'r hen hwyaid bach del yn nofio'n llon ar y llyn.

Pan gurodd yr Ystlum-Fachan ar ddrws y cartref, agorodd Matron y ddôr. Pan welodd beth oedd yn sefyll o'i blaen ceisiodd ei gau, gyda chyflymder mellten. Ond yr oedd yr Ystlum-Fachan yn gynt na hi, ac wedi rhoi ei droed rhwng y drws a'r postyn.

"Peidiwch â bod ag ofn, Musus," meddai. "Yma i'ch helpu chi'r ydw i yn erbyn holl ddrwgweithredwyr ein cymdeithas."

"O wel 'te, ma 'na'n wahanol," meddai Matron. "Wyt ti wedi clywed am Wil Tato . . ."

"Y Llyffant!"

"Y Broga; 'na fe. Ma fe'n peri loes a dychryn i hen bobol y cartre hyn, yn refio obeutu'r cornel hyn a deffro pawb am hanner nos."

"Wedi dod i'w setlo fo'r ydw i Musus."

"Pwy wyt ti, felly?"

"Ystlum-Fachan ydw i."

"Wel, bant â thi 'te, Ystlum-Fachan, ac os llwyddi di i setlo Wil Tato fe fydd holl drigolion y tŷ hyn yn diolch iti o'u c'lonne."

"Na phoenwch, Musus, mae dyddiau Wil Tatws ar ben," meddai'r Ystlum-Fachan.

Yna neidiodd ar ei Ystlum-o-Feic a phedlan fel fflamiau am garej y pentref. Edrychodd Davies y Garej mor syn â Matron pan welodd yr Ystlum-Fachan gyntaf, ond wedi iddo ddeall fod hwn am dalu arian gleision am hen oel fe drodd ei syndod yn groeso.

"Dyma iti gan olew," meddai.

"Fe sylweddolwch, yn y man, beth fu eich rhan yn y Frwydyr dros Gyfiawnder gyda'r Ystlum-Fachan," meddai'r Ystlum-Fachan.

"Mae hyn'na'n newydd da i fi dwy bunt plîs," meddai Davies.

Am hanner awr wedi un-ar-ddeg y nos cyrhaeddodd yr Ystlum-Fachan a'i gan olew y gornel ger Cartre'r Hen Bobol. Wedi dod oddi ar gefn ei Ystlum-o-Feic aeth ati, yn ofalus iawn, i dywallt yr hen olew ar y ffordd drol, ar y tro ger y cartref. Yna aeth i'r gwrych i wylio.

Am bum munud i hanner nos gellid clywed motor-beic y Broga'n chwyrnu yn y pellter. Cryfhai'r sŵn fel y doi'n nes, nes. Cyrhaeddodd y sŵn uchafbwynt byddarol fel yr oedd y Broga'n newid gêr a brecio i gymryd y tro. Lledodd gwên hyll ar draws ei wyneb milain fel y meddyliai am yr hen bobol yn cael eu deffro.

"Ond, ond," meddyliodd y Broga'n syn ac yn sydyn, "pam nad yw'r moto-beic hyn yn arafu?"

Yn hytrach nag arafu, roedd yn cyflymu, mewn llinell syth gan wrthod yn lân gymryd y tro. SLŴP, SGRYLP, SLOP-SLOP, IYÔRC, SLWSH-WSH-WSH! Sglefriodd Y Broga a'i fotor-beic fel Torville a Dean, y ddau rew-ddawnswyr dawnus, mewn symudiad trawiadol o newydd, sef ar eu boliau, trwy'r hen olew a glanio ynghanol pwll hwyaid lleidiog, budr, ac annymunol iawn iawn fferm Ephraim Williams. Goleuodd holl ffenestri Cartre'r Hen Bobol, digon i oleuo'r pwll i weld y Broga'n codi o'r dyfnder anhyfryd fel rhywbeth o un o'r darnau mwyaf annymunol o Lyfr y Datguddiad. Cododd "Hwre!" fawr i'r nos. Yna cododd siant orfoleddus:

"Hwre i'r Ystlum-Fachan,
Fe yw ein harwr ni!"

Ar ôl codi'r fath gywilydd arno'i hun aeth y Broga (alias Wil Tato) i fyw i Walsall, a chafodd yr hen bobol lonydd a thawelwch.

A dyma oedd dechrau gyrfa'r Ystlum-Fachan a ddaeth, yn y man, mor enwog â'r Brenin Arthur.

4.

MODRYB WILHELMINA RADISCI

Ym marn Modryb Wilhelmina roedd yna ormod o gŵn Cymru wedi eu galw yn 'Rex', felly pan gafodd hi gi o'r brîd a elwir yn *Craperus major,* brîd sydd ychydig yn fwy o faint na'r Sant Bernard mwy adnabyddus, fe benderfynodd ei alw yn Oedipus – a ynganai hi yn 'Idi-pws', ac a dalfyrrai yn enw anwes 'Pws'. Syndod o'r mwyaf i bawb oedd ei chlywed, ar y stryd, yn gweiddi 'Pws' a gweld yr anfertholaf o gŵn yn llamu o'r ardd. O sylweddoli beth oedd yn digwydd, dywedodd Wil Seiceiatrydd, oedd yn byw yn yr un stryd â Modryb, wrthi y byddai galw ei chi yn 'Pws' yn sicr o greu cymhlethdodau dwys i'r creadur.

"Smo i'n cretu 'na," meddai Modryb. "Mae e'n llawer rhy gall i ryw gymysgwch felly. Taswn i'n ei alw fe'n Miaw, efalle y bydde problem."

"O.K. te, a bow-wow i chithe," meddai Wil yn goeglyd. Yr oedd wedi ei frifo braidd o sylweddoli nad oedd gan Modryb fawr o feddwl o'i farn. Camgymeriad oedd y 'Bow-wow' achos camddeallodd Pws y sefyllfa. Meddyliodd fod Wil yn gi, ac nid yn unig hynny, ond fe feddyliodd ei fod yn ei herio. Hyn a achosodd iddo neidio ar ei ben a'i wastatáu â'r ddaear.

"Nawrte Pws, dim o 'na," meddai Modryb yn chwyrn ond gan wincio ar ei chymdoges oedd yn digwydd pasio.

"Wedes i wrthoch chi y bydde ei enw fe'n peri trafferth," meddai Wil, ar ôl i Pws gael ei dynnu oddi arno, ac yntau erbyn hyn fel carreg fedd wedi plygu.

"Ti ddim yn deall," meddai Modryb, "nid ei enw fe sy'n peri cymhlethdod ond y ffaith i ti weud bow-wow."

"Dych chi'n gwybod dim am seiceiatreg," meddai Wil, "nid bow-wow . . ."

Ni orffennodd ei frawddeg achos, unwaith eto, yr oedd Pws wedi neidio ar ei ben, ac unwaith eto wedi ei wastatáu. Ar ôl iddo gael ei atgyfodi eto, meddai Modryb wrtho, "Nawrte, Wil, dim mwy o seicoloji. Dos adre, 'na fachgen da."

"Mae'r ci 'yn yn fygythiad i wareiddiad," meddai Wil, gan encilio'n ochelgar nes ei fod wrth giât ei dŷ. Unwaith yr oedd yno, "Bow-wow," meddai'n uchel, cyn diflannu i fyny'r llwybyr am ei dŷ, a chyn i Pws drybowndian yn drwm i'w gyfeiriad.

Unwaith yr oedd wedi cau ei ddrws ffrynt yn ddiogel ar ei ôl dechreuodd Wil feddwl sut y gallai ddial ar Modryb ac ar Pws. "Nid y sen i mi'n bersonol sy'n fy mlino," meddai Wil wrtho'i hun, "ond y sen i seiceiatreg." Penderfynodd ar gynllwyn i achub cam ei astudiaethau.

Gwyddai fod y Rhingyll Vaughan – Sarjant Dai i bawb yn yr ardal – yn arfer pasio i lawr y stryd am ei ginio tua hanner awr wedi hanner bob dydd. Gwyddai drwgweithredwyr yr ardal hynny hefyd, achos dyna pryd y bydden nhw'n mynd ati, tan hanner awr wedi un, i wneud eu pethau. Pwy oedd yn sefyll wrth giât tŷ Modryb Wilhelmina ymhen deuddydd ond Wil. Yr oedd eisoes wedi sicrhau fod Oedipus yn yr ardd yn cael cyntun.

"Helo Wil," meddai'r Rhingyll, "diwrnod ffein 'eddi."

"Ffein iawn, Sarjant," meddai Wil.

"Sut mae'r seicoloji'n mynd?" gofynnodd y Rhingyll.

"Rhagorol," meddai Wil. "Fel mater o ffaith rwy i'n gwneud tipyn o ymchwil ar ymddygiad anifeilied."

"Llawer saffach nag ymchwilio i ymddygiad pobol, Wil," meddai'r Rhingyll, "eisie gadel y cnafon 'ynny i'r 'eddlu sydd."

"Ymchwilio'r wy' i i ddealltwrieth anifeilied o eirie," meddai Wil.

"Syne sy 'dag anifeilied," meddai'r Rhingyll, "ddylet ti wybod 'na, Wil."

"Syne, ie," meddai Wil, "ond ma cŵn, gwedwch, yn deall geirie 'ed. Er, wrth gwrs, mai sŵn y maen' nhw'n ei wneud."

"Cyfarth a whyrnu y maen' nhw," meddai'r Rhingyll.

"Ond y mae gwahanieth yn eu syne nhw," meddai Wil. "Nawr, sut se chi'n disgrifio sŵn arferol ci?"

"Bow-wow wyt ti'n feddwl?" gofynnodd y Rhingyll. "Bow-wow yw bow-wow ontefe."

Disgwyliodd Wil yn ofer i Oedipus ymateb. Ond gorweddai hwnnw yn lledan yn yr ardd yn breuddwydio am frandi ac am eira. Aeth y Rhingyll yn ei flaen, "Sut y byddet ti, fel seiceiatrydd, yn disgrifio sŵn ci?"

"Wel . . . wel . . . yr un fath â chi," meddai Wil.

"Dyw 'na ddim yn ateb digon da, Wil – sŵn ci run fath â chi: tawtoleg 'swn i'n weud am 'na, gyfaill. Nawrte, unweth eto, sut y byddet ti'n disgrifio sŵn ci?"

"Wel . . ." meddai Wil eto.

"Ie, Wil?" meddai'r Rhingyll.

"Run fath â chi . . . sŵn yr un fath ag a wnaethoch chi," meddai Wil.

"Sef?"

"Wel . . . Bow-wow," meddai Wil.

Ar hyn glaniodd Oedipus o'r ochor arall i'r clawdd fel cwymp eira ar ei ben.

"Nawrte, Oedipus, tyrd o'na, 'na gi da," meddai'r Rhingyll gan gydio yng ngholer y ci a'i dynnu oddi ar Wil. Gan nad oedd Oedipus wedi glanio ar ben y Rhingyll, yn ôl bwriad Wil, penderfynodd hwnnw wneud y gorau o'r ail orau.

"Welsoch chi 'na, Sarjant," meddai Wil, "mae'r ci 'yn yn beryg bywyd. Mae eisie i'r gyfreth wneud rhywbeth ynghylch anifel rheibus fel hwn."

Ar hyn, cyrhaeddodd Modryb Wilhelmina. "A! Wil, wyt ti wedi bod yn cyfarth eto?" gofynnodd.

"Be chi'n feddwl?" gofynnodd y Rhingyll.

"Wel, ma fe – Wil – yn gwybod o'r gore fod gweud 'bow-wow' yn hala Pws yma braidd yn grac. Ma Pws yn meddwl, 'chwel', fod ci yn ei herio fe, Sarjant, ac am roi stop ar hynny."

"O felly mae hi iefe," meddai'r Rhingyll. "A beth yn 'ollol o'dd dy fwriad di i 'nghael i i weud 'bow-wow'?" gofynnodd i Wil.

"Wel . . ." Aeth yn nos eto ar Wil, a phalfalai yn ofer yn y tywyllwch am ryw ystlumun o air i'w ddweud.

"Rwyt ti'n lwcus iawn, 'y ngwas i, nag w i yn dy restio di am fod yn niwsans cyhoeddus ac am beryglu aelode o'r heddlu. Nawr 'opit, ac os clywa i dy fod ti'n gwneud niwsans ohonot dy hun efo Oedipus eto mi fyddi di o flaen dy well cyn iti 'weud Sigmund Freud," cyhoeddodd y Rhingyll gan wneud ymdrech arwrol i gadw ei dymer.

Aeth Wil adref, fel y byddwn ni'n dweud am gŵn, â'i gynffon rhwng ei afl; cerddodd Modryb Wilhelmina ac Oedipus mor lartj â'i gilydd am eu tŷ; aeth y Rhingyll Vaughan adref am ei ginio; ac aeth drwgweithredwyr y dref ymlaen â'u gweithgareddau.

"Mae'n rhaid wrth gynllun mwy *complex* na hyn'na 'da Oedipus," meddai Wil wrtho'i hun. Fel yr oedd yn meddwl yn ddwys am beth i'w wneud nesaf, pwy ddar'u neidio ar ei lin ond Katzenjammer, ei gath hoff. Treuliai Katzenjammer ei dyddiau yn gorweddian yn un horwth frech wrth y tân nwy yn breuddwydio am hufen tew, cipars, a llygod. Fel yr oedd pawb arall yn mynd i'w gwelyau byddai Katzenjammer yn hwylio allan am dipyn o antur. Troediai doeau yr ardal gyda hyder Houdini, ac yr oedd ei lleisio cras yn codi arswyd ar famau a phlant. Gwenodd Wil wên ddieflig wrth weld ei gath. "Diolch iti pws," meddai. Syllodd Katzenjammer arno gyda llygaid melyn, maleisus. "Mi ddo i allan 'da thi heno. Mi ddangoswn ni i Wilhelmina a'r hownd diened 'na sydd 'da hi beth all ddigwydd i'r rheini sy'n croesi cleddyfe 'da seiceiatryddion." Nodiodd Katzenjammer a gwneud ei gorau i edrych yn seiceiatryddol.

Ar ôl iddi dywyllu, agorodd Wil ei ddrws cefn yn ddistaw, ofalus. Goleuodd fflachlamp fechan i weld ble'r oedd yn mynd. "Tyrd 'te, Katzenjammer," meddai, "dyma dy noson fawr di."

Dilynodd Katzenjammer ei meistr. Aeth y ddau'n llechwraidd i'r lôn gefn a llithro fel cysgodion gyda'r wal. Ar ôl cyrraedd tŷ Modryb Wilhelmina, dyma Wil yn dringo'n ddistaw i ben y wal a oedd ryw chwe throedfedd o uchder. Roedd y tŷ mewn tywyllwch.

"Y ddau'n cysgu m'wn," meddai Wil wrtho'i hun. Yna gan droi at ei gath, meddai,"Dy dro di nawr, Katzenjammer."

Neidiodd honno i fyny'r wal heb drafferth o gwbwl.

"Da ti," meddai Wil. "Nawrte, wedi i mi fynd i lawr mae eisie i ti ddechre canu. Deall?"

Nodiodd Katzenjammer ei phen. Cyn gynted ag y cyrhaeddodd troed Wil y llawr dyma Katzenjammer yn dechrau lleisio rywbeth yn debyg i sŵn sialc caled ar fwrdd du a sŵn tun yn cael ei lusgo ar hyd y ffordd garegog gyda llinyn. Doedd y canu heb fod yn mynd yn ei flaen am dri munud cyn i oleuadau ymddangos yn ffenestri tai'r stryd. Yn wir agorodd amryw ffenestri a chafwyd amryw awgrymiadau ynghylch beth y dylai Katzenjammer ei wneud gyda'i chordiau lleisiol. Chwarddai Wil yn ddistaw yn y lôn gefn.

Yna agorodd drws cefn Modryb Wilhelmina a llamodd Oedipus fel sach o datws i'r ardd. Daeth at y lle'r oedd Katzenjammer ac edrychodd i fyny arni gan chwyrnu a chyfarth. Edrychai Katzenjammer arno'n sarhaus heb droi blewyn, a dyblodd ei chân. Erbyn hyn roedd Modryb Wilhelmina wedi dod allan hefyd, yn ei gŵn nos.

"Yr hen gath 'na sy 'na iefe," meddai hi. "Aros funed imi gael gafael ar fwceded o ddŵr. Mi rydd hynny dipyn o damper ar yr hen jaden."

Clywai Wil y tap yn pistyllio dŵr i fwced.

"Mi awn ni adre nawr," meddai wrth Katzenjammer.

Dyma lle y gwnaeth ei gamgymeriad mawr – fe ychwanegodd y gair 'Pws' at ei anogaeth i'w gath ddod adref. Wrth glywed ei enw anwes fe lamodd Oedipus dros y wal a glanio unwaith eto – ie, ar ben anffodus Wil. Pan agorodd Modryb Wilhelmina y giât gefn dyna lle'r oedd efe dan gwrlid o gi unwaith eto.

"Wel Wil bach," meddai Modryb Wilhelmina, "wedi dod allan i chwilio am Katzenjammer!"

Symudodd Oedipus yn anfoddog braidd gan ei fod, erbyn hyn, yn dechrau teimlo'n gartrefol yn gorwedd ar ben Wil. Edrychai Katzenjammer ar y cyfan mewn penbleth, ond gan ddangos peth diddordeb.

"Pws," meddai Modryb Wilhelmina – wrth ei chi.

O glywed un o'i harferol enwau dyma Katzenjammer yn neidio i lawr o ben y wal i'w breichiau. Edrychodd hi a Katzenjammer ar ei gilydd am ennyd ac yna llamodd y gath i freichiau ei meistr a oedd, erbyn hyn, wedi codi ar ei draed yn drafferthus. Pasiodd goleuni gwyrdd o eiddigedd trwy ymennydd Oedipus wrth weld Katzenjammer wedi bod mor hy â llamu i freichiau ei feistres, a hithau wedi galw arno fo, ac nid ar unrhyw gath. Felly cyn gynted ag y glaniodd Katzenjammer ym mreichiau Wil dyma Oedipus yn cythru am y ddau. Fe dorrwyd record y byd am gan metr, yn answyddogol, y noson honno wrth i Wil, a Katzenjammer yn ei hafflau, stribedu am ei dŷ a chau'r giât gefn a rhoi powten a chlo arni cyn i Oedipus gyrraedd yno'n stryffaglyd.

Y diwrnod wedyn clywodd Modryb Wilhelmina gloch y drws ffrynt yn canu. Pwy oedd yno ond Wil. Yn ei freichiau cariai gopi o un o lyfrau Sigmund Freud. "Fe gewch chi hwn," meddai wrth Modryb Wilhelmina, "smo'i syniade fe am gymhlethdode'n iawn cyn belled ag y mae'ch Oedipus chi yn y cwestiwn." Edrychodd Modryb ar y llyfr a throi trwy rai o'i ddalennau.

"Na fe Wil, ti'n iawn. Dyw'r ci hyn ddim yn deall shwt bethe, ti'n gweld. Smo fe'n darllen dim ond y *TV Times*, a smo i'n meddwl ei fod e'n deall hwnnw i gyd."

Ar hyn stwffiodd Oedipus ei ffordd i'r drws ffrynt a snwyro llyfr Sigmund Freud; yna caeodd ei geg fawr arno a gwnaeth bryd hamddenol ohono. Ond, fe gafodd Wil fwy o ddial nag a feddyliodd, achos y noson honno fe fu Oedipus yn sâl – fel ci.

5.

COFIANT CROCODEIL

Dydi hi ddim yn llawer o jôc cael eich geni yn grocodeil, eich galw yn Heffaistos, a bod yn ecstra mewn ffilmiau Tarzan. Ond dyna a ddigwyddodd i brif gymeriad y cofiant hwn.

Mewn sŵ yn Hollywood y ganwyd Heffaistos. Roedd Heracles, ei dad, yn un o sêr y sioeau reslo-crocodeiliaid yn y sŵ. Yn y sioeau hynny doi Schwarzenegger o ddyn i'r Cwrt Crocodeiliaid, sefyll wrth ochor y dŵr a disgwyl i Heracles, neu un o'i ddau bartner, ruthro allan. Yna byddai'r dyn yn neidio ar eu cefnau a rhoi lastig am eu cegau. Wrth weld hyn byddai'r dyrfa a safai o gwmpas yn cael eu plesio'n fawr ac yn curo eu dwylo. Roedd Blodwen, mam Heffaistos, yn grocodeiles o hen hil a ddaeth o Affrica, ac a roddwyd i'r sŵ gan genhadwraig o Gymraes a ymsefydlodd yn America ar ôl ymddeol; hyhi a roes yr enw 'Blodwen' i'r grocodeiles gyntaf honno, a'r enw hwnnw a roddwyd i'r cyntaf o'i disgynyddion ymhob cenhedlaeth – mater o lwc yn hytrach na dim byd arall oedd hi a oedd y disgynnydd hwnnw yn wryw neu fenyw.

Doedd Heffaistos ddim yn gyntafanedig, felly ei frawd mawr – ar y pryd – a alwyd yn Blodwen. Galwyd Heffaistos wrth yr enw a oedd ganddo gan fod y cipar ar y pryd, a oedd yn Roegwr, wedi digwydd dweud, "Duw, tân!" (Heffaistos) pan ddigwyddodd ei ffrind losgi ei farf efo matjien wrth danio sigarét pan gafodd Heffaistos ei eni. Roedd yr enw wedi bod yn fwrn ar ysgwyddau gwrymiog a chadarn Heffaistos am y rhan fwyaf o'i oes: byddai'n llawer gwell ganddo fo fod wedi cael ei alw ar ôl rhai o sêr poblogaidd y ffilmiau, fel ei ffrindiau, yn Mitchum, neu Wayne, yn Marvin, neu Heston. Ond dyna fo, does gan neb ddewis yn y pethau hyn.

Wnaeth neb o'r crocodeiliaid eraill feiddio gwneud hwyl am ben Heffaistos, achos roedd ei dad o yn anferth, ac yn gallu bod yn ddigon annymunol os oedd unrhyw un yn gwneud unrhyw beth nad oedd yn ei blesio fo. Ac erbyn iddo fo farw o henaint, roedd Heffaistos ei hun hyd yn oed yn fwy anferth na'i dad. Yn wir, ei faint a barodd iddo gael ei ddewis i gymryd rhan mewn ffilmiau.

Un diwrnod daeth y cyfarwyddwr ffilmiau enwog hwnnw, Laslo Tamparino, heibio efo criw o'i henswyr a'i henswragedd. Gan ei fod am wneud ffilm am Tarzan yr oedd Tamparino wedi ei wisgo, yn briodol iawn, fel heliwr anifeiliaid rheibus. Roedd ganddo het haul galed, sbectol haul a guddiai bron hanner ei wyneb, a chrys â bron ugain o bocedi ynddo. Daliai ei drywsus i fyny â belt lledr a oedd o leiaf yn dair modfedd o led, a llifai'r trywsus hwnnw i bâr o esgidiau pen-glin lledr, gloyw. Ar draws ei frest gwisgai felt arall lle'r oedd cydau bychain i ddal cetris saethu rheinoserosus. Oedodd Laslo ennyd wrth bwll y crocodeiliaid. Ar yr union eiliad honno pwy gododd ei ben o'r dŵr ond Heffaistos. Pan welodd Laslo fo, "Jî!" meddai mewn syndod. Yna ailadroddodd ei ebychiad gyda mwy o bwyslais, "Jîî!"

Yna dringodd y reslwr-crocodeiliaid a'i was dros y wal i lan y pwll. Tro Heffaistos oedd hi i berfformio, ac yr oedd o wedi ei wahanu oddi wrth ei gyd-grocodeiliaid. Daliodd y gwas lwmp coch o gig gwaedlyd ar ffon uwchben y pwll. Gyda rhuthr a naid cododd Heffaistos o'r dŵr fel y Statiw of Liberti a chan agor ei hopran fel drws garej llyncodd y darn cig. Pan welodd Laslo wir faint Heffaistos, meddai eto, ond gyda hyd yn oed fwy o arddeliad fyth y tro hwn, "Jîîî!" Yna ychwanegodd, "Fecryll cysegredig, welsoch chi faint y croc!" Roedd Heffaistos bellach yn gwybod fod yna dameidiau mawr eraill o gig ar ei gyfer os byddai'n ymddwyn yn hanner dof wrth i'r reslwr ddod i ymladd ag o.

Fe gythrodd o'r dŵr, agor ei geg yn enfawr, a rhyw hisian-ruo. Ar ôl rhoi sioe go dda o ysgarmes, fe adawodd i'r reslwr roi lastig am ei geg. Moesymgrymodd hwnnw, a Heffaistos, i'r dorf oedd yn curo dwylo ac yn gweiddi "Hwre!" Y prynhawn hwnnw y lluniwyd cytundeb rhwng y sŵ â'r Brodyr Warner i Heffaistos fod ar gael ar unrhyw adeg i actio yn ffilmiau Tarzan, ac unrhyw fflimiau eraill lle byddai angen dihiryn o grocodeil. Hyn oedd cychwyn gyrfa sinematig Heffaistos.

I'r rheini nad ydyn nhw'n gwybod llawer iawn am Tarzan, cystal nodi mai nofel am ŵr a gwraig o uchelwyr o'r Alban yn cael eu gadael mewn lle anghysbell yn Affrica oedd y man cychwyn. Ar ôl i fabi bach gael ei eni iddyn nhw, fe ddaru'r fam, ac yna'r tad, farw. Fe fyddai ar ben ar y babi bach oni bai i epa-fanw a oedd newydd golli ei babi bach hi ei hun gymryd ato fo a'i fagu fel ei phlentyn hi ei hun. Fe dyfodd y plentyn – Tarzan, a rhoi iddo ei enw-epa – yn y goedwig gyda'r epaod, yn ddyn cryf eithriadol ac yn un hollol eofn. O dipyn i beth daeth i gysylltiad â phobol wynion, amryw ohonyn nhw yn rhai drwg iawn, ond byddai Tarzan, bob amser, yn eu trechu nhw. Y mae'n wir fod Tarzan y nofelau wedi dysgu nofio, ond yn siglo trwy'r coed-ydd yr oedd o ar ei fwyaf cartrefol. Ond gan fod yr actor oedd i actio Tarzan yn nofiwr tan gamp fe benderfynodd Hollywood gael nifer o olygfeydd ymhob llun lle byddai Trazan yn lladd crocodeil. Sef Heffaistos – bob tro.

Yn y llun cyntaf un iddo gymryd rhan ynddo dyma a ddigwydd-odd:

GOLYGFA 1

Roedd boneddiges o'r enw Jane – a ddaeth yn y man yn gymar i Tarzan – i fod wedi mynd i nofio mewn pwll mewn afon yn Affrica, heb feddwl mwy am y peth na phe bai'n mynd i ymdrochi mewn pwll nofio yn Brighton. Yr oedd yna, wrth gwrs, un gwahaniaeth mawr rhwng pwll nofio yn Brighton a'r pwll hwn yn Affrica dywylla', a'r gwahaniaeth mwyaf (yn llythrennol felly) oedd Heffaistos. Tra roedd y foneddiges wrthi'n ddel ac yn Seisnig yn sblasio yn y dŵr, ni welodd beth oedd yn digwydd ar y lan.

GOLYGFA 2

Yno yr oedd Heffaistos, y tu ôl i hesg, yn llygadu ei bryd nesaf o fwyd. Ar arwydd gan Laslo a gwaedd o "Action!" gwthiai y reslwr-sŵ bren i ben-ôl Heffaistos a saethai yntau ar bedair coes fer yr ychydig lathenni rhyngddo a'r dŵr. Unwaith yn y dŵr symudai fel torpedo tuag at, erbyn hyn, styntwraig a gymerai arni fod yn Jane, a oedd gryn bellter oddi wrtho. I bob golwg yr oedd ar ben arni, druan!

GOLYGFA 3

Pan edrychai fod Heffaistos yn lled-nesu at ei ginio pwy a ymddangosai ar gangen braff o goeden uwchben y pwll, ond Tarzan. Yma torrid ar y ffilmio, tynnu Heffaistos o'r dŵr, a rhoi crocodeil rwber ar lun Heffaistos yno yn ei le. Tynnid hwn trwy'r dŵr â gwifrau anweledig i lygad y camera. Ymollyngai Tarzan i ddeif osgeiddig i'r pwll a dilyn Heffaistos gyda chyflymder gorchestol, a chyn i hwnnw blannu ei ddannedd mawreddog yng nghnawd tyner y foneddiges, gafaelai Tarzan yn ei ben o'r tu ôl i gael at ei dagell feddal. Plymiai yr Heffaistos rwber o dan yr wyneb a Tarzan yn dal ei afael arno fel gefail. Yna tynnai Tarzan ei gyllell beryglus o'i gwain a phlannai hi sawl gwaith yn nhagell flonegog 'Heffaistos' – tua'r unig le ar ei gorff haearn y gallai neb wanu cyllell. Tasgai gwaed i'r dŵr, ond nid mor ormodol ag i lychwino cnawd tynerwyn y foneddiges. Suddai 'Heffaistos' fel planc i waelod y pwll, ac achubai Tarzan y foneddiges ddiolchgar.

Dyma oedd rhan Heffaistos yn ei ffilm gyntaf un. A dyma oedd rhan Heffaistos ymhob ffilm wedyn hefyd. Does fawr ryfedd ei fod o wedi dechrau alaru ar ei repertoire: roedd reslo wrth y pwll yn fwy o sialens na pheth fel hyn. Yn ychwanegol at y sen o gael ei sodro'n derfynol ymhob ffilm, yr oedd un peth arall a flinai Heffaistos, sef na fu'r seren a actiai ran Jane erioed yn yr un dŵr ag o, mwy nag y bu'r seren a actiai Tarzan – efo'r Heffaistos rwber yr oedd hwnnw yn y dŵr yn wastad. Un o wersi mawr ei yrfa ffilmig i Heffaistos oedd nad oes un dim yn fwy celwyddog na chamera.

"Mae'n rhaid imi ddangos i'r slobiaid hyn pwy ydi pwy, a be ydi be," meddyliodd Heffaistos.

Dacw'r criw ffilmio yn barod: mewn cwch ar y pwll yn yr afon yr oedd Laslo, efo megaffon wrth ei geg, a'i griw camera a'i bobol sain gydag o. Yn y dŵr yr oedd styntwraig a gymerai le'r actores oedd yn actio Jane. Ar y lan yr oedd Heffaistos y tu ôl i hesg. Y tu ôl iddo yntau yr oedd y reslwr-sŵ efo'i bren yn barod. "Action!" gwaeddodd Laslo. Hwbiodd y reslwr y pren i ben-ôl Heffasitos, a llamodd yntau i'r dŵr a dechrau symud drwyddo yn ôl ei arfer. Ond, yn lle ei gwneud hi am y foneddiges dyma fo'n troi ac anelu at y cwch lle'r oedd y criw ffilmio. "Cyt! Cyt!" gwaeddai Laslo fel dyn gwirion. "Nid dyma y mae'r twpsyn yma i fod i'w wneud!" Tra roedd o'n gweiddi roedd Heffaistos wedi cyrraedd y cwch. Agorodd geg fawr â'i llond hi o ddannedd cyllellog, a'i chau hi am ddarn o'r cwch. Brathodd ymaith ddarn ohono a dechrau ei gnoi. Gallech glywed sŵn darnau o bren yn malu'n ysgyrion trwy'r set-ffilmio. Dechreuodd y cwch suddo'n araf, araf. Wrth deimlo'i draed yn tampio y sylweddolodd Laslo wir beryg y sefyllfa, a dechreuodd sgrechian, "Help! Ar un waith help!" Gwthiwyd cwch arall i'r pwll ac ynddo ddynion cryfion, yn ogystal â reslwr-crocodeiliaid y sŵ. Gwthiwyd clamp o bren cadarn i geg agored Heffaistos tra y gwaeddai'r reslwr ar Laslo, "Dos o'ma di'r crinc! Dos o'ma am dy fywyd!" Doedd Laslo'n hidio dim am gael ei alw yn 'grinc' ond ni wnaeth unrhyw sylw o hynny ar y pryd, ond ei bachu hi'n wlyb a diurddas am y lan – a hynny mewn cystadleuaeth gref â'r criw ffilmio a oedd, am ryw reswm, wedi llwyr anghofio am bwysigrwydd y Cyfarwyddwr.

Fu hi fawr o dro cyn i Heffaistos falurio'r pren yn racs gyrbibion, a throi i lygadu criw'r cwch. Erbyn hyn yr oedd y stynt-foneddiges wedi cael ei thynnu o'r dŵr a Tarzan yn sefyll yn ddisymud ar ei gangen –

doedd yna ddim yn ei gytundeb yn nodi beth y dylai ei wneud mewn achos fel hyn. Roedd Heffaistos yn agor ei geg i gymryd brathiad sylweddol o'r cwch pan deimlodd rywbeth yn ei rwystro rhag ei chau. Roedd y reslwr wedi gosod coes rhwyf yn ei safn fel na allai na'i hagor na'i chau. Dyrnodd y dŵr gyda'i gynffon nes creu tymestl na fu ei thebyg yno. Erbyn hyn, roedd Laslo wedi cyrraedd y lan ac yn sgrechian ar ei ddyn-camera i dynnu llun yr hyn oedd yn digwydd. "Er mwyn gweiddi allan yn groch," meddai, "sodra'r camera ar y lwmp tew yna!" – gan gyfeirio at Heffaistos. Wrth glywed hyn aeth hwnnw'n gynddeiriog. "Lwmp tew wir," meddai wrtho'i hun. "Mi ro i lwmp tew iti!" Malodd goes y rhwyf yn ei geg a throdd am y lan. Y peth olaf a glywodd cyn iddo lyncu un o'r camerâu oedd gwaedd gan Laslo, "Jipyrs cripyrs!" a sŵn rhuthro. Gan araf gnoi y camera llithrodd Heffaistos yn ei ôl i'r dŵr lle nad oedd yna neb na dim, ond tangnefedd a thawelwch. Cafodd lonydd am hir iawn, nes y cafodd ei gario'n ei ôl i'w sŵ.

Yn ei bwll yn y sŵ ryw wythnos yn ddiweddarach, sylweddolodd fod cannoedd o bobol ar y lan yn gwthio yn erbyn ei gilydd i gael cip arno. Ar sgrîn ar un ochor i'r pwll gallai weld ffilm yn cael ei dangos. Fe'i gwelai ef ei hun yn cnoi'r cwch; ond ni welai Laslo a'i griw yn sgrialu am y lan. Y peth nesaf a welai oedd ef ei hun yn brathu rhwyf yr ail gwch, ac yn ei malu'n racs. Yna fe'i gwelai ef ei hun yn cythru am y lan ac yn crensian camera. Y siot nesaf oedd un o Laslo yn dod yn ei flaen efo darn o haearn ac yn ei daro fo ar ei ben, tynnu'r camera o'i enau, a'i wthio i'r dŵr. Yna dangoswyd hyn oll yn araf i bawb allu gwerthfawrogi'r hyn a ddigwyddodd. O graffu ar y ffilm yn troi yn araf gallai Heffaistos weld yn glir nad efô oedd y crocodeil yr oedd Laslo'n ei daro, ond y crocodeil rwber yn edrych fel celffaint, ac yn actio'n sobor o sâl. Fel hen law ym myd y ffilmiau, gallai weld lle'r oedd golygfeydd cwbwl ar wahân wedi eu glynu yn ei gilydd, a'r cyfan wedi ei olygu'n anghelfydd iawn, yn ei farn o. Wrth weld ei encil i'r dŵr clywodd y dorf yn gweiddi, "Hwre! Hwre! Laslo! Laslo!" Yna ymddangosodd Laslo ei hun yr ochor arall i'r wal yn cydnabod cymeradwyaeth y dorf ac yn dweud o bryd i'w gilydd, "Doedd o'n ddim byd! Byddai unrhyw un wedi gwneud yr un peth!", gan geisio actio'n swil a diymhongar. "Dyna ydi dy gêm di ie!" meddai Heffaistos wrtho'i hun, "Wel beth am hyn 'te, maestro!" Plygodd ei gorff fel bwa ac yna fe'i gollyngodd ei hun nes ei fod o'n codi dros wal y pwll crocodeiliaid ac yn glanio ar ben Laslo. Un cip a gafodd hwnnw ar Heffaistos cyn ei fod o'n cael ei grensian yn ddim. "Jî!" meddai Heffaistos.

* * *

Am beth amser ar ôl y digwyddiad ysol hwn bu awdurdodau'r sŵ yn meddwl ei bod hi'n hambag ar Heffaistos ac y byddai Pobol Iechyd a Diogelwch a oedd, fel rheol, yn beryg bywyd i unrhyw greadur efo hanner dant yn ei ben, yn sicir o fod yno fel barn ar domatos. Ac yn wir, roedd cynrychiolydd y cwmni ffasiwn enwog, 'Jî', wedi bod yn hofran o gwmpas y cratj crocodeils yn digywilydd lygadu Heffaistos ac yn gweld elw hambagiol o ddymunol yn deillio o gwmpas eithafol ei groen. Ond, ni hambagiwyd Heffaistos! A phaham? Wel, am fod Laslo'n gymeriad mor eithafol o annymunol, ei araith o mor gyforiog o wenwyn ac asid, a'i Ego mor enfawr fe luniwyd deiseb i gadw Heffaistos. Arwyddodd deuddeng miliwn, sef detholiad yn unig o holl elynion marwol Laslo, ddeiseb i gadw Heffaistos. Yn wir, cynigiodd amryw o'r deuddeng miliwn hyn symiau sylweddol o arian at gadw Heffaistos. Felly, yn lle cael ei ddarnio'n nifer o hambagiau drudfawr fe adeiladwyd congol gyfforddus arbennig yn y sŵ i Heffaistos. A dyna lle y treuliodd y gweddill – hir – o'i ddyddiau yn ei lordio hi. Ar wal ei warchaele yr oedd poster enfawr yn cyhoeddi, fel teitl yr hen ffilm "The Man who Killed Liberty Valance", Y CROC A LYNCODD LASLO. Yn wahanol i'r ffilm, lle tybid fod y dyn anghywir wedi lladd Valance, y croc cywir oedd yn serennu o dan yr ysgrifen swolegol hon.

6.

AFALLON 20G

Un diwrnod clywodd Mr Solomon Argentum lais mewnol yn dweud wrtho, “Beth am adeiladu siop, ond nid y math arferol o siop, beth am adeiladu megis teml i Fasnach, beth am adeiladu Archfarchnad.” Sef oedd hynny, nid marchnad i gadw Arch, dyweder Arch y Cyfamod, ond marchnad a fyddai yn enfawr.

“Syniad da,” meddai wrtho'i hun, “ond mi gostith geiniog neu ddwy.”

Ond doedd hynny ddim yn broblem i Mr Argentum. Ar ôl iddo gael trefn ar ei syniad a bwrw amcan o'r costau fe aeth ati i amlinellu, yn ddoeth a gochelgar, ei gynlluniau yn y llefydd iawn. Cafodd fenthyciad sylweddol gan fanc, a chododd y gweddill o'r arian angenrheidiol gan gyfeillion a hoffai'r syniad o fuddsoddi yn yr Archfarchnad am y byddai unrhyw fuddsoddiadau'n debyg iawn o dalu ar eu canfed. Cafodd air (buddiol iawn iddynt hwy) efo cyfeillion ar y Cyngor ynghylch y Caniatâd Cynllunio.

Ac ar yr ail ddydd o'r ail fis yn yr ugeinfed flwyddyn ar ôl i Ddynion Lanio ar y Lleuad dechreuodd Argentum godi ei Archfarchnad. Daeth peiriannau mawr i safle penodedig a dechrau malu a thyrchu a chodi pridd a choed a cherrig, a gwastatáu'r fangre. Cloddiwyd sylfeini a dechrau adeiladu. A dyma fesurau sylfaeniad yr Archfarchnad: can metr a hanner o hyd, a chan metr o led, a deugain metr o uchder. Ynghyd â hynny pegiwyd allan faes parcio o ddau gan metr sgwâr. A'r porth i'r Archfarchnad oedd ar ei blaen, ac yr oedd yn ugain metr o led wrth chwech o uchder. A'r porth a osodwyd allan gyda gwydyr praff mewn drysau a agorai ohonynt eu hunain gyda dyfodiad cwsmeriaid. A byrddiwyd wyneb yr Archfarchnad â bordiau o goed pîn wedi eu staenio i ddal dŵr, a'r to oedd i gyd o lechfaen piws o'r cyffiniau (a gostiodd baced, ond a oedd yn cydymffurfio â'r rheolau cynllunio lleol). Ac addurnwyd yr wyneb hwn â goleuadau yn nodi enw yr Archfarchad: FFRISCO. Ac yr oedd yr enw hwn yn weladwy am filltiroedd o gwmpas, heb sôn am fod yn weladwy o gryn bellter yn y gofod. A gosodwyd cyntedd a choridor ar ochor fewnol blaen yr Archfarchnad, ac ar fin mewnol y coridor hwnnw y lleolwyd cysegr santeiddiolaf, megis, y lle i gyd, sef y tiliau a wasanaethid, yn y man, gan amryw o forwynion, a merched eraill, detholedig. Ac yng nghorff yr Archfarchnad codwyd rhesi o silff-fannau a redai ar hyd eiliau'r adeilad, a gwnaethpwyd yn gyffelyb ar hyd ei furiau. A gwneuthuriad y rhain oedd o wydyr priodol, a metel o'r gloywaf. Ac at hynny crogwyd, o nen yr adeilad, oleuadau lawer i neoni bywydau y rhai a ddeuai o fewn ei fagwyrydd. Er lles y lluddedig, ar dalcen yr adeilad, yr oedd bwyty; ac yr oedd yno hefyd, i wasanaethu gofynion naturiol y cwsmeriaid, lefydd chwech – a fyddai, yn llawnder yr amser, yn cael eu harchwilio bob awr.

Am y maes parcio, fe nodwyd yn ddestlus fannau i gerbydau â llinellau gwynion, gan ofalu fod mannau arbennig, lletach, i rieni a phlant, ac i'r anabl. A chodwyd tri chratj i droliau mewn mannau strategol yn y maes parcio i hwyluso ymweliadau'r cwsmeriaid.

Felly gorffennwyd yr holl waith. Ar ôl blwyddyn wele, yn gorwedd yn fricsiog goch, yn goediog a gwydrog a goleuedig, ar aceri a fu unwaith yn dir amaethyddol gwyrdd yr oedd Archfarchnad.

Yna dechreuodd carafanau llwythog o lorïau gyrraedd yn cario nwyddau o bedwar ban byd i'w gosod yn hwylus symudadwy ar silffoedd yr Archfarchnad. A daliodd y carafanau hyn i gario nwyddau yn gyson a di-feth yno.

A galwodd Mr Argentum bobloedd yr ardaloedd cyfagos i'r Archfarchnad ynghyd un dydd, ac yna y dyrchafwyd seiniau utgyrn, dyrnwyd drymiau, tynnwyd tannau telynau (o barch i gerdd dant), a chodwyd lleisiau cantorion. A dyna sut yr agorwyd yr Archfarchnad. Yna, ar doriad ruban arian, fe agorwyd y pyrth a llifodd y bobloedd i mewn yn drolïog. A daethant allan yn drymlwythog i seiniau llawen tiliau.

* * *

Ac wele, o wythnos i wythnos daeth yr Archfarchnad yn brif gyrchfan pobloedd lawer.

"Wyt ti wedi treio'r Persil newydd yma Gwenno?" gofynnodd Mrs Williams i'w chymydog, Mrs Griffiths.

"Naddo, hogan," atebodd honno. "Rydw i'n cael Omo yn effeithiol a rhesymol."

"Ond y mae'r Persil newydd yn glanhau pob math o ddillad, hyd yn oed y rheini ac arnyn nhw staeniau cuddiedig, gwydyn, yn glaer wyn; ac y mae o'n ardderchog at adfer lliwiau."

"Efallai wir, ond beth am ei bris o, Margiad?" meddai Mrs Griffiths.

"Syndod o resymol, a dweud y gwir, ac os pryni di baced mawr mi arbedi di'n sylweddol," meddai Mrs Williams.

"Wel, os wyt ti'n dweud, mi ro i gynnig arno fo," meddai Mrs Griffiths.

Ac felly y bu.

"Wyddost ti'r Persil newydd yna, yr un ddar'u ti fy hwrjio i i'w brynu o," meddai Mrs Griffiths.

"Mi wn yn iawn," meddai Mrs Williams. "Ge'st ti dy blesio?"

"Fuaswn i feddwl," atebodd Mrs Griffiths, "y dillad gwynion yn wynnach na gwyn, a'r lliwiau'n golchi fel newydd. Dyma'r stwff y bydda i'n ei brynu o hyn ymlaen. A sôn am wyn – wyt ti wedi treio'r bara gwyn yna sydd wedi ei sleisio'n dew?"

"Rydw i'n arfer prynu'r bara sy wedi ei sleisio'n denau. Pam?"

"Wel, os wyt ti eisio tost yn bora, mae'r bara sleisiau tew yma'n wirioneddol ragorol. A'r wythnos yma, os pryni di ddwy dorth, mi gei'r ail un am hanner pris," meddai Mrs Griffiths.

"Wel, mi ro i gynnig arni," meddai Mrs Williams.

Ac felly y bu.

"Be oeddet ti'n ei feddwl o'r bara sleisiau tew yna?" gofynnodd Mrs Griffiths.

"Fel roeddet ti'n dweud mae o'n gwneud tost gwirioneddol ragorol, a chan fod y cynnig arbennig yna'n dal – yr ail dorth am hanner pris – mi fydda i'n sicir yn prynu'r bara yma. Gwneud tost digon o ryfeddod!"

* * *

"Mi fedri di brynu bocsiad o boteli o Stella Artois yn fan'ma 'sti, Jac," meddai Mr Roberts wrth ei gyfaill Mr Frederick.

"Hwnnw sydd i fod â blas cwbwl arbennig arno fo, yn rhagori ar flas unrhyw gwrw arall?" gofynnodd Mr Frederick.

"Wel dyna'r ydw i'n ei feddwl," meddai Mr Roberts. "Fel arfer, y mae o'n galonogol o ddrud. Ond yma mae o i'w gael am bris fforddadwy iawn."

"Wel, mi ro' i focsiad yn y troli yma, ac mi ga' i weld," meddai Mr Frederick.

Ac felly bu.

"Be oeddet ti'n ei feddwl o'r Stella Artois?" gofynnodd Mr Roberts.

"Wel wir, Wil, rydw i'n dra diolchgar iti am sôn wrthyf fi amdano fo," atebodd Mr Frederick. "Dyma'r cwrw gorau imi erioed ei dreio, ac yma y mae o hyd yn oed yn gymharol rad. O hyn allan hwn fydd fy nghwrw i. Ond dywed i mi a wyt ti wedi rhoi cynnig ar sôs HP."

"Nid dyna y mae fy ngwraig i yn ei brynu," meddai Mr Roberts.

"Wel beth am i ti fynd â photel iddi hi heddiw, fe gei di weld nad oes yna'r un sôs arall i'w gyffwrdd o; y mae o y math o sôs sydd yn gwneud brechdan gig moch yn berffaith," meddai Mr Frederick.

"Mi gymera i dy air di," meddai Mr Roberts.

Ac felly y bu.

"Sut flas ge'st ti ar y sôs HP?" gofynnodd Mr Frederick.

"O sosus, y blasusaf," meddai Mr Roberts. "Rydym ni fel teulu yn wir ddiolchgar iti am sôn wrthym ni am sôs HP. O hyn allan hwn fydd y sôs i ni."

* * *

"Dywed i mi, Gwenno," meddai Mrs Williams, "wyt ti wedi treio'r siampŵ arbennig yma gan Garnier, Fructo Colour Last?"

"Colour Last, naddo, be ydi o?" gofynnodd Mrs Griffiths.

"Wel, mae o yr union beth i ferched yn ein hoedran ni, 'sti," meddai Mrs Williams, "mae o'n sbiffing am gadw lliw – wyddost ti sut y mae hi, mae rhywun yn cael lliwio ei wallt a chyn pen dim mae'r lliw yn mynd i edrych yn bŵl, neu'r gwallt yn mynd yn ddi-liw, a does dim byd gwaeth na gwallt sydd yn dangos hen liw. Ond am y siampŵ yma, wel, y mae yna ei lond o o feicro-olewiau i wneud i liwiau bara. Treia fo ac mi gei di dy blesio."

"Gan dy fod di'n dweud, mi wna i," meddai Mrs Griffiths.

Ac felly y bu.

* * *

"Dowc annwyl mi wela i dy fod ti wedi rhoi cynnig ar siampŵ Fructus Colour Last gan Garnier," meddai Mrs Williams, "mae lliw dy wallt di yn sgleinio ac yn ddwfn o liw."

"Felly y mae hi," meddai Mrs Griffiths, "'welais i ddim byd tebyg. Ar ôl golchi fy mhen ddim ond un waith roedd y lliw'n well nag y buo fo erioed: roedd pawb yn sylwi ac yn dweud fel yr oedden nhw'n leicio fy ngwallt i. Hwn fydd y siampŵ i mi o hyn ymlaen. Diolch am y cyngor. Mae o'n gyngor yr ydw i'n ei basio ymlaen i fy ffrindiau. Ac y mae gen i gyngor bach i tithau, rŵan fod babi Glenys chi'n dechrau cropian o gwmpas. Ydi hi wedi rhoi cynnig ar y clytiau New Huggies Adventurer? Dyma, yn siŵr i ti, y clytiau mwyaf ystwyth sydd ar gael, yn rhoi digon o le i'r hen beth bach ac yn ei arbed o rhag iddo fo deimlo'n annifyr gan eu bod nhw'n amsugno gwlybaniaeth fel na fu'r rotsiwn beth."

"Gan dy fod ti'n dweud mi a' i â phaced adre efo fi."

Ac felly y bu.

* * *

"Sut aeth hi efo'r hen beth bach?" gofynnodd Mrs Griffiths.

"Yn ardderchog, digonedd o le ac yn cadw ei hen ben ôl bach o'n sych i'w ryfeddu," meddai Mrs Williams. "Ac mor rhesymol o ran pris. Mi fydda innau rŵan yn lledaenu'r gair am y rhain, yn sicir i ti."

* * *

"A dweud y gwir iti," meddai Mr Frederick, "rydw i'n cael tipyn o drafferth y dyddiau diwetha yma, rydw i'n rhwym fel corcyn, a does yna ddim byd fel petai o'n gweithio."

"Mae'n ddrwg gen i glywed hyn'na Jac," meddai Mr Roberts, "ond rydw i'n meddwl y medra i dy helpu di – o leia, mi wnaeth y tric i mi. Cyfeirio'r ydw i at Ex-lax. Mae o'n rhoi gwaredigaeth yn esmwyth a di-straen ac yn gadael i'r corff weithio'n naturiol, fel y mae o i fod."

"Diolch am air o gyngor; mi bryna i beth heddiw," meddai Mr Frederick.

Ac felly bu.

* * *

"Rhaid imi ddweud fod tipyn gwell graen arnat ti heddiw na'r wythnos diwetha," meddai Mr Roberts.

"Oes wir, diolch i ti, a diolch i Ex-lax," meddai Mr Frederick. "Rydw i'n cael fy ngweithio fel watj rŵan. Ac, fel y dywedaist ti, mae'r waredigaeth mor ddi-straen ac mor naturiol. Does dim rhaid i neb orfod dioddef yr annifyrrwch hwnnw o fod yn ddi-fynd a swrth, ac Ex-lax wrth law i roi rhyddhad. Ond y mae fy mhrofiad wedi rhoi gweledigaeth newydd i mi. Wyt ti wedi treio'r papur-lle-chwech sy'n cael ei alw yn New Andrex?"

"Na," meddai Mr Roberts, "rhywbeth arall yr ydym ni'n ei ddefnyddio."

"Wel, un gymwynas am un arall on'tê, Wil," meddai Mr Frederick. "Yn fy marn i does yna ddim papur arall i gyffwrdd New Andrex – meddal braf, ond cryf a gwydyn, ac y mae un rholyn yn rhoi stribed hirfaith o wasanaeth. Cred ti fi, hwn ydi'r papur i ti."

"Mi gymera i di ar dy air, Jac," meddai Mr Roberts.

Ac felly y bu.

*   *   *

"Y papur yna – New Andrex – yn union fel y dywedaist ti – meddal ond gwydyn; mewn gair, yn bleser pur i'w ddefnyddio. Mi ddylai pawb y mae ganddo fo, neu hi, hunan-barch ddefnyddio New Andrex."

*   *   *

Ac fel hyn y bu hi, flwyddyn ar ôl blwyddyn yn yr Archfarchnad, a'r arian yn llifo i goffrau Mr Argentum a choffrau ei gefnogwyr. Ond, y mae hyd yn oed bobol fel Mr Argentum a'i gefnogwyr yn heneiddio, heb sôn am eu deiliaid. Daw i bob un ohonyn nhw, fel i bawb, ddiwedd eu meidrol daith. Ac mewn mynwent wele y mae yna feddrodau sydd yn dwyn geiriau priodol:

Mr Solomon Argentum
Solid silver.

Mrs Gwenno Griffiths
Yma mewn Persilaidd hedd.

Mrs Margaret Williams
Perpetuo in Fructo.

Mr William Roberts
In Stella est Artois.

Mr John Frederick
Mewn Andrexog gof.

* * *

Ond perchnogion newydd sydd, a chwsmeriaid newydd sydd mewn Archfarchnad sy'n parhau, a sain ei thiliau hi'n dal i bêr, bêr-seinio.

7.

BE YDI'R ATEB? DYNA YDI'R CWESTIWN

"Yr holl hen bobol yma," meddai'r Aelod Seneddol, George Frederick Mengelis. "Be ydi'r ateb?"

"Dyna ydi'r cwestiwn. Be allwn ni ei wneud 'da nhw? Maen' nhw yma 'da ni yn clogio'r draenie, fel petai," meddai ei gyd-aelod, Cynthia Fox-Moll.

"Ac yn costio ffortiwn," meddai Mengelis. "Mae yna filiynau'n mynd, fel y dwedaist ti mor ddarluniadol, i lawr i'w draen nhw bob blwyddyn. Ac i be? Iddyn nhw ddal i fodoli."

"A dal i ddisgwyl eu pensiwn, a llethu'r gwasanaethe cymdeithasol. Y drwg yw, eu bod nhw'n byw mor hir y dyddie hyn. Doedd pethe ddim mor ddrwg pan oedden nhw'n marw mewn oedran cyfrifol, gwed yn ddeg a thrigien, ond y dyddie hyn maen' nhw'n nesa peth at anfarwol," meddai Fox-Moll.

"Petaem ni'n gallu setlo'r broblem hon, fe allem ni fod mewn grym am ddegawdau, Cynthia."

"Degawde, ti'n eitha reit."

Rai dyddiau ar ôl y sgwrs hon fe ymddangosodd adroddiad mewn papur newydd am Brif Ofalwraig mewn cartref henoed yn cael ei chyhuddo o gael gwared â rhai o breswylwyr y cartref mewn gwahanol ddulliau. Roedd achos yn cael ei baratoi yn ei herbyn o achosi marwolaeth anghyfreithlon:

> Mrs Fay Corrin, 97 oed;
> Mrs Esperanza Timothy, 88 oed;
> a Mr Gerantes Alfredo Galatia, 87 oed.

Fe allai fod yna eraill. Cyn eu tranc yr oedd y tri, yr honnid i'w marwolaeth gael ei achosi, yn analluog i wneud fawr ddim drostynt eu hunain. Gorweddent yn eu gwelyau, heb hyd yn oed gael eu llusgo i'r Stafell Gymdeithasu i eistedd i wrando ar raglenni teledu nad oedd o ddim diddordeb iddyn nhw yn blastio digon i fyddaru pawb ond hen bobol. Roedd y Brif Ofalwraig wedi rhoi pigiadau i'r tri ac yr oeddent wedi llithro o'u hanner bywyd i ddim bywyd yn dawel yn eu cwsg.

"Diddorol," meddai George Frederick Mengelis wrtho'i hun ar ôl darllen yr adroddiad. "Wyt ti wedi gweld hwn?" gofynnodd i Cynthia Fox-Moll.

Doedd hi ddim.

"Darllena fo," meddai, "i mi gael gweld be wyt ti'n ei feddwl."

Darllenodd hithau.

"Hm," meddai.

"Hm oedd yn mynd trwy fy meddwl innau hefyd," meddai Mengelis.

Tapiodd Fox-Moll yr adroddiad, "Fe ddylen ni ddisgwl i mewn i bosibiliade peth fel hyn."

"Y drwg ydi," meddai Mengelis, "fod pobol mor sentimental ynghylch pethau fel hyn."

"Nid sentimental, George," meddai Fox-Moll, "ond hunanol."

"Ie, mi wela i be sy gen ti – ar ôl dod i oedran arbennig y mae pawb yn dechrau meddwl, 'Be sy'n mynd i ddigwydd i mi pan fydda i'n hen'," meddai Mengelis.

"Hunanol yw 'na," meddai Fox-Moll.

"Ie, ond efallai fod ganddyn nhw rywbeth gwerth ei ystyried. A bod yn hollol hunanol, fe fyddi di, ac fe fydda innau yn hen ryw ddydd," meddai Mengelis.

"Cytuno," meddai Fox-Moll, "ryw ddydd. Ond fe ddyle pobl fel ni fod mewn lle i dalu am rywfaint o gysur drosom ni'n hunen; hynny ydi, os dewiswn ni fod o gwmpas yr adeg honno."

"Digon gwir," meddai Mengelis, "digon gwir. Ond hyd yn oed os ydi'r ddynes yma wedi taro ar ffordd i ddatrys y broblem economaidd a chymdeithasol, mi wyddost ti sut y mae hi – sibryda di unrhyw beth am ddatrys probleme trwy ddulliau digon dynol, ac mi fydd cydwybod grefyddol a moesol y genedl yn cael ei thynnu o Annwn er mwyn peri protestio ar raddfa annymunol."

"Sai'n siŵr," meddai Fox-Moll, "sai'n siŵr. 'Tweld dyw'r gydwybod hyn yr wyt ti'n sôn amdani ddim yn bod i'r un gradde ag oedd hi, gwed, ddeng mlynedd yn ôl. Mae agwedde cymdeithas yn newid. Yn dod yn fwy realistig."

"Cywir," meddai Mengelis, "ond mae ganddi dipyn o ffordd i fynd mewn rhai cyfeiriadau . . . Er, cofia di . . . cofia di, mae pobol yn fodlon rhoi eu cŵn a'u cathod i lawr pan mae hi'n ddrwg arnyn nhw."

"Ac os ŷn nhw'n fodlon rhoi eu cŵn a'u cathe a'u byjis i gysgu, wel . . ."

"Y llwynog . . ." meddai Megelis, o 'nunlle, ond fel un wedi cael gweledigaeth.

"'Na ti, y cadno," meddai Fox-Mall, gan gydio yn rhediad meddwl Mengelis. "Mae'r cadno yn dangos inni'n nêt agwedd pobl at greadur-ied. 'Sen i'n gweud fod 'da rhan dda o'n cymdeithas ni fwy i'w weud wrth anifeilied nag sy 'da nhw i'w weud wrth eu cyd-wragedd a'u cyd-ddynion."

"Yn enwedig eu cyd-ddynion a'u cyd-wragedd *hen*," meddai Mengelis.

"Yn gwmws. Ac fel gyda hela, mae eisie i ni, fel gwleidyddion, weld shwt y mae'r gwynt yn wthu er mwyn llunio'n deddfe," meddai Fox-Moll.

"Dyna daro'r hoelen ar ei phen, Cynthia. Ar ei phen," meddai Mengelis.

"Meddylie am y peth, George," meddai Fox-Moll.

A dyna a wnaeth o; a dyna a wnaeth hi. Bu meddyliau am yr anawsterau mawrion a amharai mor anffafriol ar gymdeithas yn stiwio'n hir yn eu hymenyddiau am ddyddiau wedyn. A pho fwyaf cyfarwydd y dôi'r syniad iddynt fod modd setlo problem yr hen bobol mewn cymdeithas yn yr un modd ag yr oedd y mwyafrif llethol yn y gym-deithas honno'n fodlon setlo problem eu hen anifeiliaid, mwya'n y byd y tyfai'r syniad o waredigaeth ymarferol yn gynyddol resymol, a chynyddol dderbyniol.

Ar ôl trafodaeth bellach, ac unfrydedd pellach, penderfynodd George Frederick Mengelis a Cynthia Fox-Moll fynd at y Gweinidog â chyfrifoldeb am Faterion Cymdeithasol.

Richard Turpin oedd enw'r Gweinidog hwnnw. Ar ôl trefnu cyfarfod ag o, ac ar ôl y cyfarchion rhagarweiniol arferol, mentrodd Mengelis, "Wedi bod yn rhyw feddwl y mae Cynthia a minnau," meddai, "y gallem ni arbed cryn dipyn o arian pwrs y wlad."

Yr eiliad y clywodd y Gweinidog y geiriau 'arbed arian' moelodd ei glustiau, a oedd yn rhai eithaf sylweddol eu maint. "Sut felly?" gofynnodd.

"Nawr fe all yr hyn sy 'da ni fod yn ddierth ichi i ddechre," meddai Fox-Moll.

"Yn eithaf diarth," meddai Mengelis.

"Ond rhowch gyfle inni, rhowch wrandawiad ystyrlon inni," meddai Fox-Moll.

"At y pwynt, plîs," meddai'r Gweinidog, "does gen i ddim trwy'r dydd, mi wyddoch hynny cystal â minnau."

"Wrth gwrs, wrth gwrs," meddai Mengelis. "Hyn oedd gennym ni: hen bobol."

"Ie, be am hen bobol?" gofynnodd y Gweinidog.

"Drud," meddai Mengelis. "Bwrn ar yr economi."

"Ac anghynhyrchiol," meddai Fox-Moll.

"Ie, mae pawb yn gwybod hynny," meddai'r Gweinidog. "Ddaethoch chi ddim yma i ddweud hyn wrthyf fi, gobeithio."

"I ddweud hyn'na, ac i gynnig ateb i'r broblem," meddai Fox-Moll.

"O!" meddai'r Gweinidog, "ateb i'r broblem! Wel, dyma rywbeth gwerth gwrando arno. Rydw i'n glustiau i gyd," – ffaith a oedd yn fwy gwir nag y sylweddolai.

Trawodd Mengelis yr adroddiad am y cyhuddiad yn erbyn Prif Ofalwraig y cartref hen bobol o'i flaen. "Bwriwch olwg ar hwn'na," meddai Mengelis.

Gwnaeth yntau hynny. Bu tawelwch am funud neu ddau, ac yna cododd y Gweinidog ei ben. "Ateb!" meddai, "'Wela i ddim ateb yn fan'ma. Gweithred annynol ac annymunol iawn 'wela i yma."

"Efallai, ar yr olwg gyntaf," meddai Mengelis, "ond arhoswch ennyd, i feddwl . . ."

"Meddwl, ond ddyn annwyl, ydych chi o ddifri'n awgrymu fod hyn yn ateb, fod ein hetholwyr ni'n mynd i gymeradwyo barbareiddiwch fel hyn?"

"Ein hetholwyr," meddai Fox-Moll, "dyna yw'r gair allweddol. Ystyriwch: ydych chi, o ddifri, yn meddwl fod ein hetholwyr yn mynd i wrthwynebu . . ."

Torrodd y Gweinidog ar ei thraws, "Wel wrth gwrs fod pob etholwr yn mynd i wrthwynebu. Rydym ni'n byw mewn gwlad Gristnogol, ar y cyfan er, wrth gwrs, fod gennym ni leiafrif sylweddol bellach o gredoau gwahanol. Ond fydd hyd yn oed y rheini ddim yn barod i gymeradwyo peth fel hyn. Yn wir, y mae rhai o'r pethau ethnig yma hyd yn oed yn fwy gofalus o'u henoed nag ydym ni."

"Dyna yw'r dybieth arferol," meddai Fox-Moll, "– fod pawb yn ysu i gael y gofal gore i'r henoed. Ond ai felly y mae hi? Fuasech chi'n dymuno edrych ar ôl rhywun yn tynnu am ei gant?"

"Wrth gwrs," atebodd y Gweinidog fel siot.

Gan fod Fox-Moll wedi bod yn ddigon hirben i wneud ymchwil syml a sylfaenol i hanes y Gweinidog, dyma hi'n dweud, "Ac ymhle y mae eich rhieni oedrannus chi, os ca i fod mor hy â gofyn?"

"Yn cael y gofal gorau y gall arian ei brynu," meddai'r Gweinidog fel siot arall. "Ond wela i ddim sut y mae hynny'n rhan o'ch busnes chi."

"Mewn cartref felly?" gofynnodd Fox-Moll.

"Wel ie, siŵr iawn," meddai'r Gweinidog. "Lle drud ar y naw hefyd."

"A!" meddai Mengelis. "Lle drud ar y naw. Ga i ofyn hyn: faint yn well allan fyddech chi petai eich rhieni ddim gyda chi?"

"Fy musnes i ydi hynny," snwffiodd y Gweinidog.

Gadawodd Mengelis a Fox-Moll ennyd iddo ddechrau meddwl faint oedd y gost.

"Wrth gwrs eich bod chi'n llawn gofal am eich rhieni," meddai Fox-Moll, "ac wrth gwrs eich bod chi'n fwy na bodlon . . ." – yma gwingodd y Gweinidog gan boen o'i gyfrif-banc – "i dalu'n hael am ofal iddyn nhw ond, syr, meddyliwch faint y mae'n rhaid i'n llywodreth ni dalu am gadw pobl nad oes ganddyn nhw blant digon cefnog i'w cadw nhw."

Oedodd eto, a gwelodd y Gweinidog yn ddistaw yn gweithio allan, yn fras, y swm.

Agorodd ei lygaid mewn syndod.

"Ystyriwch chi, wedyn, faint y mae pensiyne a chonsesiyne'n ei gostio i'n llywodreth ni ar ben hynny." Oedodd Fox-Moll unwaith yn rhagor, a gweithiodd y Gweinidog y swm yn fras yn ei ben unwaith yn rhagor.

"Meddyliwch beth y gellid ei wneud i iechyd, i addysg, i gyfraith a threfn pe bai'r arian yna ar gael," meddai Mengelis. "Dyna'r pethau sydd nesaf at ein calonnau ni, ac yn bwysicach na hynny, dyma'r pethau sydd nesaf at galonnau'r etholwyr."

Sylwodd Mengelis a Fox-Moll fod y Gweinidog yn rhyw simsanu, ond yr oedd yn ormod o giamstar i gydnabod hynny ar y pryd, ond ildiodd ddigon i ddweud, "Gadwch hyn efo fi." A daliodd ei afael yn y toriad o'r papur newydd ynghylch yr achos.

"Mynd â hyn ymhellach, neu beidio 'mynd: dyna ydi'r cwestiwn," meddai'r Gweinidog wrtho'i hun. "'Ydi hi'n well i mi godi'r mater yma ac, o bosib, ennill parch a bri i mi fy hun, ynteu ei anghofio. Neu a alla i ei gyflwyno fo fel cynnig gan y ddau athrylith yna, ac os aiff pethau'n groes, rhoi'r bai am hynny arnyn nhw?"

Bu'r Gweinidog yn myllio fel hyn am beth amser, gan osio y ffordd hyn ac osio y ffordd arall. O'r diwedd penderfynodd daflu ei fara ar wyneb y dyfroedd, fel y dywedir, gan obeithio ei grafangu o'n ôl petai pethau'n mynd yn chwithig. Felly pan welodd y Prif Weinidog dywedodd wrtho fod ganddo – yma chwarddodd, jest rhag ofn – ryw Awgrym a ddaeth iddo, mewn ffurf amrwd iawn, o arbed arian, sylweddol, i'r Llywodraeth; arian y gellid ei wario'n briodol ac yn boblogaidd ar addysg, gwasanaethau cymdeithasol, iechyd, a chyflogau Aelodau Seneddol.

"Be ydi'r awgrym yma felly," holodd y Prif Weinidog.

"Hen bobol," meddai'r Gweinidog.

"Be amdanyn nhw, heblaw eu bod nhw'n dreth ar y pwrs cyhoeddus?" holodd y Prif Weinidog, gan chwerthin wedyn i ddangos nad oedd o ddifrif.

Ond yr oedd ei Weinidog o ddifrif, er ei fod yntau'n smalio bod yn gellweirus. "Pe baen nhw ddim gyda ni," meddai, "fe fyddem ni filiynau ar filiynau yn well allan."

"Ti'n deud wrtha i!" meddai'r Prif Weinidog, gan ymollwng i slang ei ieuenctid. "Ond y *maen'* nhw gyda ni; dyna ydi'r broblem."

"Bwriwch olwg ar hwn," meddai'r Gweinidog, a rhoi iddo'r adroddiad am y cyhuddiad yn erbyn y Brif Ofalwraig.

"Yr argian annwyl!" ebychodd y Prif Weinidog. "Dwyt ti ddim o ddifri'n awgrymu ein bod ni'n mynd o gwmpas yn cael gwared o'r hen begoriaid?"

"Meddwl am yr etholwyr oeddwn i," meddai'r Gweinidog. Bu bron iddo fynd ati i bwysleisio nad ei syniad o oedd hyn, ond doedd hi heb ddod i hynny eto. "Pe baech chi'n gallu cyrraedd i lawr i gudd ddyheadau'r etholwyr, mi fuasech chi'n sylweddoli'n fuan iawn y bydden nhw o blaid hyn." Yna ychwanegodd, "Ble mae eich rhieni chi ar hyn o bryd, syr?"

"Yn dal i wneud drostyn nhw'u hunain – am ryw hyd," atebodd. "Ond mae fy rhieni-yng-nghyfraith yn costio bom inni; wel, yn yr ystyr fod etifeddiaeth fy ngwraig druan yn llifo'n wythnosol i gartref, crand, i hen bobol."

"Fe ddylem ni fod wedi gwneud rhywbeth ynglŷn â sefyllfa fel'ma," meddai'r Gweinidog.

"Wel, rhan o dy ddyletswydd di ydi'r mater," atgoffodd y Prif Weinidog o.

"Ond dydi'r rhan fwyaf o bobol ddim yn gallu fforddio talu drostyn nhw eu hunain, a dydi eu plant nhw ddim am dalu, neu ddim yn gallu talu. Canlyniad: bwced ddiwaelod y mae ein pres ni'n llifo ohoni hi."

"Ond beth ddywedith yr Wrthblaid?" holodd y Prif Weinidog, "A beth am farn yr eglwysi a'r cymdeithasau dyngarol ac ati."

"Fe wyddoch chi cystal â minnau nad ydi barn y rheini'n cyfrif taten, mewn gwirionedd. Trip i fyd mytholegol y gorffennol ydi barn y rheini. Dywedwch chi wrth bobol y bydden nhw'n well allan – yn sylweddol well allan – ac mi fyddan nhw efo ni naw deg y cant."

"Hm," meddai'r Prif Weinidog. "Mi ystyria i hyn. Gad y mater efo fi. A," ychwanegodd, "go dda rŵan. Mae'n dda gen i weld fod un o 'ngweinidogion i o gwmpas ei bethau."

Fe ollyngwyd rhai manylion am arbed arian i'r cyfryngau, a bod ffordd hwylus i arbed mwy. Ond ni roddwyd manylion penodol am hynny. Bu ymholi pellach a thaer ac, yn raddol bach, fe ddechreuwyd troi sylw'r cyfryngau i gyfeiriad yr arbedion. Ar y dechrau bu ton o gynddaredd. Ysgrifennodd sawl Esgob, dau Archesgob, nifer mor sylweddol ag oedd yn bod o weinidogion Anghydffurfiol, ac aelodau rif y gwlith o gymdeithasau dyngarol i'r Gweinidog Gwasanaethau Cymdeithasol yn udo a bytheirio ac utganu yn eu condemniad llwyr a diamod i Awgrym anfad a âi'n groes i holl hanfod Cristnogaeth, ac un o seiliau gwarineb hen Ewrop, ac America 'tae hi'n dod i hynny. Cymerodd y Gweinidog arno nad oedd yr Awgrym yn un a ddeilliodd o'r Llywodraeth. Neidiodd yr Wrthblaid i'r adwy i gondemnio hyd yn oed yn halltach na'r Archesgobion a'r gweinidogion Anghydffurfiol farbareiddiwch yr awgrym. "Anodd meddwl," meddai Arweinydd yr wrthblaid, "fod Awgrym sydd yn mynd y tu hwnt i weithgareddau eithafol Hitler neu Stalin neu Mussolini neu Jack the Ripper, wedi cael ei wneud gan neb byw bedyddiol nac anfedyddiol yn ein teyrnas ni. Yn nhywyllwch coedwigoedd cyntefigrwydd, ni welwyd dim sy'n dod o fewn pellter yr haul i anfadrwydd, ysgelerder, gwarth ac annynoldeb y fath awgrym. Y mae anifeiliaid y maes ac anifeiliaid y coed ac ehediaid yr awyr yn dangos mwy o laeth trugaredd nag sydd yn yr awgrym dieflig a gwir uffernol hwn. Y mae cydwybod gwareiddiad, holl osgo canrifoedd cred – unrhyw gred – yn ubain yn uchel i'r ffurfafen y dylem ni, nid yn unig wrthod yr awgrym gwrthnysicaf a wnaed o fewn cof y ddynoliaeth, ond y dylai'r cythraul a wnaeth yr awgrym hwn gael ei daflu ar ei ben i'r carchar tywyllaf."

Yna dechreuodd y Llywodraeth ollwng, fesul tipyn, fanylion am yr arbedion a ddeuai 'yn sgil dilyn yr Awgrym' fel yr adroddwyd y peth ar newyddion Radio Cymru. Sibrydwyd mewn print ac mewn llun gymaint gwell y byddai hi ar gleifion o gael mynediad o fewn cyfnod nid afresymol i ysbytai, ac fel y gellid disgwyl triniaethau i leddfu dioddefiannau'r rheini oedd mewn beunyddiol boen; byddai yna'n ddiamau fwy o feddygon a'r rheini wedi eu hyfforddi'n barchus, a mwy o weinyddesau i dendio ar gleifion a oedd yn haeddu sylw. Sibrydwyd y byddai plismyn yn heidio, o fewn rheswm, ar y strydoedd i gadw cow ar bob fandal a lowt; byddai pobol, o'r diwedd, yn gallu bod yn hyderus na fyddai lladron yn torri i mewn i'w tai a'u hysbeilio o'r trysorau yr oeddynt wedi gweithio'n galed i'w prynu. Sibrydwyd y byddai'r hen blant yn gallu cael eu haddysgu mewn ysgolion ffit i roi disgyblion ynddynt ac, efallai, y byddai eu hathrawon yn cael eu hyfforddi nes bod yn ffit i'w dysgu. A gallai, gallai hyd yn oed gyfradd cyflogau godi.

Dechreuodd llythyrau i bapurau newydd ac ymatebion i raglenni teledu ddweud nad oedd eisiau ymwrthod â'r Awgrym mor hallt ag y gwnaethpwyd; doedd dim eisiau bod yn fyrbwyll yn y pethau hyn. Roedd hi'n biti am yr hen bobol ond, wedi'r cyfan, y presennol a'r dyfodol oedd yn wirioneddol bwysig; 'thalai hi ddim bod yn rhy sentimental wrth drafod y gorffennol, sef mangre briodol yr hen bobol. Ac, wedyn, ni allai neb anwybyddu Economeg. Roedd Economeg yr Awgrym yn gwneud sens; yn wir, yr oedd yna ragoriaethau arwyddocaol ynddo.

Yn y diwedd penderfynodd y Llywodraeth y gellid awgrymu bod Deddf yn cael ei dodi ar Lyfr Statud y Deyrnas. Bu gweision sifil wrthi'n ddygn yn ymwneud â'i holl fanylion beichus. A chrynhoi'r canlyniadau a'r darlleniadau seneddol yn enbyd, yr hyn a ddywedid oedd y dylid parchu'r Ysgrythur, ac mai deng mlynedd a thrigain oedd hyd naturiol oes dyn, a dynes – neu lai mewn achosion arbennig – os na allai'r un mewn oed ei gynnal ei hun y tu hwnt i'r oedran hwnnw.

Dylid parchu hynny a defnyddio gwaredigaeth yr hen gyrff i fuddsoddi yn nyfodol y deyrnas. Cododd Arweinydd yr Wrthblaid ar ei draed yn y Tŷ, a honni fod y Llywodraeth, unwaith eto, wedi dwyn eu syniadau nhw a'u bod nhw, ar eu hochor nhw o'r Tŷ, wedi bod yn cynnig y fath ddeddfwriaeth ers tro er lles y mwyafrif ac er mwyn hybu gwerthoedd cymdeithas wâr. Pasiwyd y Ddeddf, er bod rhywfaint, anarwyddocaol, o wrthwynebiad iddi yn Nhŷ'r Arglwyddi pan ddaeth hi i'r fan honno. Pasiwyd y dylid cael gwared o'r hen bobol yn y dull mwyaf dyngarol, ac y gellid rhoi iddynt ddewis o amryw ddulliau exit hollol ddi-boen.

A dyna sut y dechreuodd y lladd. Ar y dechrau roedd yna beth wylo a rhincian dannedd ond, fel y dywedodd y Gweinidog, "Mae hyn i'w ddisgwyl. Ystyriwch chi sut oedd hi efo'r clwy traed a'r genau pan oedd yn rhaid lladd anifeiliaid – teuluoedd yn wylo am eu colledion a'u caeau gwag. Mi ddaw pawb i arfer efo'r drefn, rhowch amser i bobol gynefino â newydd-deb y peth." Ac yr oedd yn iawn.

Creodd y lladd agoriadau galwedigaethol newydd. Daeth carfan o Derfynolwyr i fod, sef y rheini a drwyddedid i ofalu am y dulliau o gael gwared â'r hen bobol; a charfan arall, y Dihysbyddion, i gael gwared o'r cyrff. Yn wir, sefydlodd rhai Sefydliadau Addysg Uwchradd blaengar gyrsiau yn y ddwy alwedigaeth, wedi eu trefnu'n fodiwlau asesadwy. Gan fod y lladdfa, neu y Waredigaeth fel y'i gelwid, ar raddfa mor eang i ddechrau, bu'n rhaid cloddio beddau petryal anferthol lle y dympid y cyrff. Yna byddai'n rhaid socian y cyfan â phetrol cyn rhoi'r cyfan ar dân. Ar y dechrau gwnaeth y cymylau duon o fwg oedd yn codi o'r cyrff argraff gref ar rai eneidiau mwy sensitif na'i gilydd ond, fel y dywedodd y Gweinidog, "Mi ddaw pawb i arfer efo'r drefn."

Gwelwyd gwelliant lled amlwg yn ansawdd a safon y paratoadau addysgol, er na wireddwyd y freuddwyd i wella llythrennedd a rhifogaeth disgyblion gymaint ag y gobeithid – ond dyna sut yr oedd hi ym myd addysg, fel y dywedodd y Gweinidog Addysg, fe ellir mynd â cheffyl at ddŵr ond ni ellir ei orfodi i yfed. "Efallai," meddai'n gyfrinachol, "y gellir, rywbryd yn y dyfodol, feddwl am ryw ffordd o wella'r sefyllfa a chael gwared o unedau addysgol anfuddiol ('bygyrs twp' oedd ei eiriau answyddogol) sydd yn creu hafoc o'r ystadegau addysgol, er gwaethaf pob ymdrech glodwiw ar fy rhan i a'm swyddfa."

Gwelwyd gwelliant, dros dro – ond un a greodd argraff ffafriol – yn effeithiolrwydd y gwasanaeth iechyd; a gwelodd rhai cymdeithasau blismyn ar eu strydoedd am y tro cyntaf ers blynyddoedd. Ar y cyfan, cafodd y newidiadau groeso cynnes. A llwyddodd y Llywodraeth i ddal ei gafael ar yr etholaeth trwy ddau etholiad.

Dyna wedd gyhoeddus y newid. Ond beth am ei wedd fwy personol? Efallai nad yw'n annisgwyl clywed fod y Gweinidog wedi hawlio'r clod am yr Awgrym ac iddo, ar ôl iddo ymddeol – yn ddigon cefnog i beidio â phoeni am gyrraedd ei ddeg a thrigain – gael ei ddyrchafu i Dŷ'r Arglwyddi. Ond beth a ddigwyddodd i George Frederick Mengelis a Cynthia Fox-Moll, y ddau yr oedd y deyrnas yn ddyledus iddynt, mewn gwrionedd, am greu un o'r cyfnewidiadau cymdeithasol mwyaf llesol ers y tridegau? Ni fuont heb eu gwobrwyo, er iddynt fod yn siomedig yn eu gwobrau. Rhoddwyd y ddau i ofalu am yr is-swyddfa a oedd yn gyfrifol am weithredu'r Ddeddf newydd. Ond nid dyna ei diwedd hi. Ar ôl i'r ddau sylweddoli fod eu Hawgrym yn un a gafodd dderbyniad cyffredinol a'i fod yn gymeradwy yn y modd y cafodd ei weithredu, ac ar ôl i'r Gweinidog droi'n Arglwydd, fe ysgrifennodd George Frederick Mengelis ei hunangofiant – yr elw o'r gwerthiant ac o unrhyw hawliau ffilmio a theledu i'w rhannu'n briodol rhyngddo fo a Cynthia Fox-Moll. Yno datgelodd fel y bu iddo fo a Cynthia Fox-Moll feddwl am yr Awgrym yn y lle cyntaf, a mynd ag o at y Gweinidog, a hawliodd, yn llawnder yr amser, y clod am eu gwaith nhw. Am beth amser sblasiwyd hanfod yr haeriad hwn ar draws papurau newydd y deyrnas; ymddangosodd rhannau o'r gwaith yn wythnosol yn un o bapurau trymion Lloegr; cyfwelwyd Mengelis a Fox-Moll yn ddiddiwedd ar y teledydd a'r radio am gyfnod cymharol faith, ac yna fe wnaed ffilm o'r cyfan gyda sêr disglair y dydd yn actio'r prif rannau. Ystyriodd y Gweinidog ddwyn achos o enllib yn erbyn y ddau, ond pan ddeallodd fod Fox-Moll wedi recordio eu sgyrsiau'n gyfrinachol, fe ailfeddyliodd. Ond gan iddo yntau, trwy ymddangosiadau ar y cyfryngau ac erthyglau mewn papurau newydd a thâl am gael ei bortreadu mewn ffilm, wneud paced o'r holl firi, ystyriodd nad oedd ganddo, mewn gwirionedd, le i gwyno. Dymunol yw gallu dweud i'r cyfan ddiweddu'n ddigon hapus i'r tri, ac iddynt fyw'n llewyrchus i wth o oedran, cyfforddus.

8.

HALELIWIA '76

Teimlai Paul à Seilas yn ddigalon; efô oedd yr unig un yn ei ddosbarth Ysgol Sul nad ymdeimlai â gwacter ystyr ac â marwolaeth Duw. Iddo fo roedd hi'n berffaith resymol fod yna, ynghanol trybestod bywyd a dynoliaeth – a allai fod yn enbyd iawn – gariad; ac mai'r cariad hwnnw oedd Duw. Roedd yr un mor rhesymol iddo y dylai'r cariad hwnnw fod yn rhan ohono yntau, ac y dylai o rannu'r cariad hwnnw; neu, fel y dywedodd Iesu Grist: os oedd ynddo fo oleuni, fe ddylai o ddangos y goleuni hwnnw.

"Ond be am Nietzsche?" gofynnodd Serenissima Jones, yr oedd yr argyfwng gwacter ystyr wedi rhoi ystyr newydd i fodolaeth iddi.

"Be amdano fo?" gofynnodd Paul.

"Mi ddwedodd o fod Duw wedi marw."

"Mae yna ddigon o bobol eraill wedi dweud yn wahanol," meddai yntau.

"Wel, os wyt ti am wisgo blincars am dy fennydd, iawn," meddai hithau. "Ond 'gei di weld mai dyma sut y mae hi'n mynd i fod o hyn ymlaen. Fel hyn y mae'r bobol fwya blaengar yn meddwl – ac wedi bod yn meddwl ers oesoedd."

"Sut y maen' nhw'n meddwl?" gofynnodd yntau.

"Fod pobol wedi dod i'w hoed, fel pobol sydd yn derbyn yr hyn y mae gwyddoniaeth yn ei brofi," meddai hithau. "Does yna neb yn bod ond y ni." Ac yna gwaeddodd, "Haleliwia!"

"Haleliwia? . . . Ara deg," meddai yntau, "ebychiad o lawenydd crefyddol ydi hyn'na – 'Molwch yr Arglwydd'."

"Rydw i'n meddiannu'r ebychiad, i ddynodi dealltwriaeth newydd – o'r bydysawd! Bydysawd sydd yn wag o bob bodolaeth ond bodolaeth y byd hwn!"

"Ond chwarae teg, Serenissima," meddai Paul, "dydi gwyddoniaeth ddim yn medru trafod materion ysbrydol."

"Y mae hi. I mi," meddai Serenissima.

* * *

Dyna sut y dechreuodd pethau. Fe aeth Serenissima ati wedyn i logi neuadd y pentref a llunio posteri i gyhoeddi cyfarfod agored i bawb. Daeth pedwar. Dechreuodd hithau eu hannerch, gan ddweud fod dynion – yn enwedig dynion – wedi bod yn eu twyllo eu hunain ers iddyn nhw ddechrau bod yn ymwybodol ohonyn nhw'u hunain.

"Rydych chi'n gweld, yn lle bodloni ar amgyffred eu bodolaeth eu hunain, be wnaethon nhw wedyn ond mynd ymlaen i feddwl fod yna ryw ddimensiwn arall. Wel, does yna ddim; ac y mae gwyddoniaeth yn dangos hynny'n gliriach gliriach fesul dydd."

Yma digwyddodd rhywbeth rhyfedd iawn. Neidiodd un o'r pedwar oedd yn bresennol – geneth ifanc ddeunaw oed – ar ei thraed a gweiddi, "Diolch, diolch, diolch. Diolch am dynnu cen anwybodaeth o'n llygaid ni. Rydw i, o'r awr hon, am anwesu Anghrediniaeth!"

Ar hyn neidiodd y tri arall ar eu traed hefyd a gweiddi, "Diolch am y gwacter!" Wrth weiddi fel hyn llewygodd un a syrthio'n ôl gan droi'r fainc drosodd gyda'i gwymp.

Fel roedd hi'n digwydd, pwy oedd yn pasio ond gohebydd y papur lleol. Wrth glywed gweiddi, trawodd ei ben i mewn i'r neaudd, a gweld gorfoledd Gwacter yno. Daeth i mewn a gweld pawb yn sefyll uwchben y dyn ifanc a lewygodd. Fel yr oedd o'n cyrraedd yno, dechreuodd hwnnw ddod ato'i hun, a dechreuodd lefaru am rinweddau dyfod allan o fedd crediniaeth i oleuni'r gwyddorau. "Haleliwia!" gwaeddodd Serenissima, a "Haleliwia!" meddai pawb arall.

* * *

Aeth gohebydd y papur lleol, sef y *Shecel*, adref ac ysgrifennu llith ar yr hyn a welodd – fwy neu lai:

"Yn neuadd ein pentref ar nos Fawrth, Medi'r deuddegfed, digwyddodd pethau rhyfedd iawn. Dan arweiniad Ms Serenissima Jones, a drefnodd y cyfarfod, traethwyd ar ragoriaethau Anghrediniaeth a Gwacter unrhyw ystyr terfynol i fodolaeth. Cyn i Ms Jones orffen ei haraith dechreuodd amryw o'r gynulleidfa eithaf lluosog a oedd yno deimlo cynyrfiadau Anghrediniaeth yn meddiannu eu cyrff. Dechreuasant weiddi'n uchel a neidio, a llewygodd dau neu dri dan rym eu hargyhoeddiad. Cafwyd cryn drafferth i'w cael atynt eu hunain. Soniodd mwy nag un o'r rhain na chawsant unrhyw weledigaethau tra roeddynt yn anymwybodol, prawf pendant, meddent hwy, nad oedd unrhyw fyd yn bod y tu draw i hwn. Ar ôl y cyfarfod aeth pawb i dafarn y Llew Du a meddwi'n chwil gaib gan nad oes, meddent, unrhyw rwystredigaeth i fod, bellach, ar ewyllys yr unigolyn a'i ryddid i wneud fel y myn."

* * *

Buan iawn y codwyd y stori gan ohebyddion y byd mawr y tu allan i bentref Gahar. Cyfwelwyd Serenissima, a chyfwelwyd tuag ugain a honnai, erbyn hyn, eu bod hwythau yn y cyfarfod. Gan fod Serenissima yn eneth brydferth a siapus, ymddangosodd ei llun mewn amryw o bapurau newydd poblogaidd Prydain, a chyfareddwyd amryw gan ei phresenoldeb ar y sgrîn fach. Canlyniad hyn oedd fod yr ail gyfarfod a drefnodd hi, eto yn neuadd y pentref, dan ei sang. Cariwyd meinciau i mewn, ac roedd rhai hyd yn oed yn eistedd yn seddau blaen yr oriel: byddai'r cyfan wedi bod yn hunllef i hyrwyddwyr rheolau Iechyd a Diogelwch pe bai'r cyfryw fodau'n bod yr adeg honno. Roedd cymaint wedi eu cau allan fel y bu'n rhaid gosod system glywed – ddigon aneffeithiol, mewn gwirionedd – i gario'r genadwri iddynt hwy. Roedd llygad llawer camera, llonydd a symudol, arni hi pan gododd Serenissima ar ei thraed. Bu tawelwch llethol. "Un tro yr oeddwn i," meddai, "yn hapus o anwybodus, yn un o'r trueiniaid hynny sy'n credu mewn duw a dimensiwn y tu hwnt i'r un dynol. Yr oeddwn i hyd yn oed yn un o'r rhai hynny a fynychai'r Ysgol Sul. Ac yna fe ddechreuais i feddwl. Ac yna fe ddechreuais i ddarllen. Ac fe ddechreuais i sylweddoli mai twyll oedd y cwbwl. Byd diystyr ydi hwn; bydysawd diystyr ydi hwn. Does yna ddim ystyr i mi, i chi, i chi, i chi," yma cyfeiriodd at wahanol aelodau o'r gynulleidfa, ac yna dywedodd, "does yna ddim ystyr i NI!"

Yma neidiodd un o'r rhai na chyfeiriwyd ato ar ei draed a gweiddi, "Felly finnau! Felly finnau!"

"Anghrediniaeth yn dragywydd," gwaeddodd un arall.

"Haleliwia!" meddai Serenissima.

Aeth y lle'n ferw gwyllt, a dechreuodd rhai geisio dawnsio yn yr eiliau nes i'r rhai a eisteddai yno ddechrau cwyno. O fethu dawnsio yn yr eiliau, dechreuodd amryw neidio ar bennau eu seddau a siglo eu cyrff yno.

"Goleuedigaeth gwyddoniaeth!" gwaeddodd un, a dechreuodd cyfran helaeth o'r gynulleidfa siantio i'w ganlyn – nes i ryw anap ddigwydd i system drydanol y neuadd ac i dywyllwch llethol ormesu'r neuadd. Bu'r lle mewn tywyllwch dudew am ddeng munud, a phan ddaeth goleuni eto roedd y gynulleidfa fymryn yn llai – ac amryw wedi colli waledi a phyrsiau fel y darganfuasant ar ôl cyrraedd adref.

Yn y cyfamser dechreuodd amryw weiddi, "Felly finnau!" Yr oedd cymaint o waeddwyr, fel y galwodd Serenissima arnyn nhw i ddod ymlaen i'r llwyfan. Daethant yn un haid; yn gymaint o haid fel y bu'n rhaid i Serenissima weiddi'n glên, "Dim mwy, dim mwy; mae'r llwyfan yn llawn."

Ymataliodd llawer ar ei gair. Yna gwaeddodd hithau, "Awn oddi yma."

A gwaeddodd amryw o'r gynulleidfa, "I ble yr awn? I ble yr awn?"
"Fe awn i'r ddwy dafarn sy yn y dref yma," meddai hithau.
"Haleliwia!" meddai'r dyrfa.

Ac yno yr aethpwyd, a dyna'r noson orau a fu erioed i dafarnwyr yn Gahar.

Cofnodwyd gan y cyfryngau ddetholion diddorol o'r hyn a ddigwyddodd ac, o ganlyniad i hynny, fe dynnwyd mwy a mwy o bobol i gael golwg ar beth oedd yn mynd ymlaen.

* * *

Penderfynodd Serenissima alw'r mudiad yr oedd wedi rhoi cychwyn iddo yn GOLEUEDIG. Cyn bo hir roedd pwyllgor wedi ei sefydlu i drefnu 'digwyddiadau', a phenodwyd Prif Weinyddwr i'r mudiad, a lluniwyd Rhaglen o Weithgareddau, gydag asesiadau ar eu llwyddiant. A dechreuodd cyfraniadau lifo i goffrau'r mudiad. Rhoes Serenissima y gorau i'r syniad o fynd i brifysgol am na allai unrhyw gwrs yno arwain at ddim byd tebyg i'r tâl a enillai fel Sefydlydd a Llywydd Parhaol 'Goleuedig'. Daliai'r cyfarfodydd i ffynnu, ond cywreiniwyd y cyflwyniadau. Un o'r pethau a wnaethpwyd oedd cyflogi grŵp o rocyrs i ganu mewn cyfarfodydd. Er enghraifft, cyn i Serenissima ddod i unrhyw lwyfan byddai'r grŵp, a elwid yn 'Rhesymolwyr', yn canu cân i gynhesu'r gynulleidfa. Byddai'n amhosib i unrhyw un a'u clywodd yn canu eu canticlau goleuedig eu hanghofio. Dyna eu 'Pan oeddem ni':

Pan oeddem ni mewn capel tywyll, du
Fe ddaeth goleuni –
Ie Ie Ie, Shw wadi wa –
Rhesymolrwydd!

O aed, O aed yr hyfryd wawr ar led,
Gwir ddealltwriaeth –
Ie Ie Ie, Shw wadi wa –
Rhesymolrwydd!

Neu beth am 'Gweledigaeth':

O'r diwedd daeth i ni
Weledigaeth,
O'r diwedd daeth i ni
Weledigaeth,
O'r diwedd daeth i ni
Weledigaeth
Resymegol, resymegol,
Resy-, resy-, resymegol.
Iypi ai o, iypi ai e
Resy-, resymegol.

Dyma eiriau a greodd gyffroadau mewn ugeiniau o gynulleidfaoedd. Dyna'r cyfarfod mawr hwnnw yn Arena Wembley, er enghraifft, lle y daeth saith ugain ymlaen i gyffesu eu hanghrediniaeth cyn i Serenissima lefaru gair – dim ond dan ddylanwad y gân gyntaf. Yn yr un cyfarfod yr oedd ugain o ddiaconiaid o ugain o gapeli wedi dod yno i godi twrw, ond dan gyfaredd y gân a geiriau agoriadol Serenissima, "Gyfeillion, gyfeillion, yr oeddwn i unwaith dan gaethiwed cred, yr oeddwn i'n gaeth i syniadau am dda a drwg, yr oeddwn i'n gwadu fy ewyllys fy hun, yn gwadu fy nymuniadau fy hun, nes imi weld y goleuni. Does dim rhaid i neb ohonom ni fod yn gaeth, wedi ein dal gan rwystredigaethau hen deimladau a hen syniadau, a rhyddid hollol yn galw arnom i amgenach bywydau. Bwriwch oddi ar eich gwarrau bwysau'r gorffennol hesb, rhowch i chwi eich hunain gyfle i oleuo eich meddyliau tywyll – mae pen y bryniau'n llawenhau wrth weld haul goleuedigaeth yn agosáu . . ."

Yma syrthiodd un blaenor yn wysg ei gefn i lawr yn gweiddi, "Anghrediniaeth dyma fi!" Cydiodd yr un Anghrediniaeth yn ei gymdeithion a dechreuasant ddawnsio hyd eiliau'r arena gan weiddi'n uchel, "Rhyddid, rhyddid, O werthfawrocaf ryddid! Cadwch ein cadwynau, mae ein meddyliau'n awr yn rhydd. Rhyddid, rhyddid, rhyddid!"

Derbyniwyd y cyfan yn Anghredinwyr yn y fan a'r lle, ac ni thywyllodd yr un ohonynt le o addoliad dan yr hen drefn ar ôl hynny. Nid yn unig hynny, ond fe fu i bob un ohonynt ddwyn pwysau eu rhyddid ar eu teuluoedd a'u gorfodi hwythau i roi'r gorau i'w credoau.

* * *

Un o'r achosion mwyaf nodedig yng ngyrfa Anghrediniol Serenissima oedd y tro hwnnw pan ddaeth Esgob o Eglwys Loegr i un cyfarfod i wawdio'r "Colledigion hyn". Ond wrth glywed Serenissima yn traethu am "ollwng yr holl hen lyffetheiriau sydd wedi gwneud ein bywydau ni'n boenus a llwydaidd a bôring, gan ein hamddifadu ni o ryddid – rhyddid i wneud yr hyn a fynnwn, i yfed yr hyn a fynnwn, i fwyta yr hyn a fynnwn, i garu'r hyn a fynnwn, i beidio â chredu yr hyn a fynnwn," fe'i cafodd ei hun yn gweiddi, "Haleliwia! Hyn i minna'!" drosodd a throsodd. Wrth gael ei gyfweld ar Raglen Newyddion ar y teledydd yn fuan wedyn, dywedodd fod y ddynoliaeth "wedi ei henhuddo ers canrifoedd gan barddu credoau a wadai i unigolion eu posibiliadau gan grebachu cyrff ac ymenyddiau."

"Beth am holl ddadleuon diwinyddol y gorffennol, beth am . . ." gofynnodd ei holwraig.

"Lol," meddai yntau, "wedi eu gwau gan ymenyddiau crin hen ddynion, dynion â'u nwydau wedi oeri."

Ar hyn dechreuodd ganu geiriau y Rhesymolwyr:

"Pan oeddem ni mewn capel tywyll, du
Fe ddaeth goleuni –
Ie Ie Ie, Shw wadi wa –
Rhesymolrwydd!"

yn uchel a herfeiddiol. Bu'n rhaid tywyllu'r sgrîn yn y fan a'r lle gan honni fod 'nam technegol' wedi digwydd. Ond y diwrnod canlynol addefodd yr holwraig ei bod hi wedi ei llwyr argyhoeddi gan yr Esgob ac y byddai hithau, o hynny ymlaen, yn ymroi i hyrwyddo Anghrediniaeth.

* * *

Dechreuodd Anghrediniaeth afael yn nhrwch poblogaeth Prydain pan deledwyd un cyfarfod pan ymroes amryw o'r Ymroddedigion diweddaraf i garu'n noeth a nwydus a chyhoeddus ym mlaen y neuadd ger y llwyfan. Gwelwyd crysau a blowsus, nicyrs a thronsus yn hedfan o gwmpas Serenissima fel y siaradai hi am rwystredigaethau ac am hualau oedd wedi eu clampio fel concrit hynafol ar reddfau pobol. Fel y llefarai'r geiriau, ac fel yr oedd yr Ymroddedigion yn poethi iddi, cododd ton ar don o weiddi, "Nicyrs i hynny! Nicyrs i hynny! Haleliwia!"

* * *

Y mae pawb bellach yn cofio'r cyfarfod mwyaf nodedig, o bosib, o holl gyfarfodydd Goleuedig. Digwyddodd hynny ar ddydd Nadolig, 1976, yn Gahar, lle y bu dechrau'r daith, fel petai. Codwyd pabell enfawr ar gyrion y pentref a daeth miloedd o Anghredinwyr yno i gynnal uchel ŵyl. Fel y gellid disgwyl, dim ond cynulliadau bychain iawn o bobol a fu'n ddigon dewr i gynnal Nadolig y flwyddyn honno. Roedd Paul à Seilas yn un o'r cyfryw gynulliadau. Roedd sŵn caniadau'r Rhesymolwyr yn uchel-seinio trwy furiau'r festri lle'r oedd Paul a'r hanner dwsin arall wedi ymgynnull. Yn y festri buont yn sôn am ddoethion yn dyfod o'r Dwyrain at stabal dlawd ym Methlehem, ac yn cofio am fugeiliaid a welodd weledigaeth o angylion, a buont yn canu am lu'r nef yn datgan newyddion da o lawenydd mawr am eni Ceidwad dyn.

Tra roedd hyn yn digwydd yr oedd Serenissima wedi dod i'w llwyfan, "Y Nadolig," meddai, "dyma inni hen ŵyl lygredig, hen ŵyl o dwyll, hen ŵyl anoleuedig pobol anoleuedig sy'n credu mewn ffansïau a lledrithiau, a choelion afresymol. Dyma ichi bobol sy'n credu mewn gwadu yr hunan, yr unig beth y gallwn ni i gyd fod yn hollol bendant a sicir ei fod o'n bod, yr unig beth sicir y gallwn ni fod yn bendant ei bod yn rhesymol inni ei foddio. A dyma inni'r rhain, y rhain y bûm i – fel y bu rhai ohonoch chwithau – unwaith yn un ohonyn nhw, yn fodau y tywyllwch, yn fodau nosau ac ofnau, efo cysgodion hen dduwiau yn ddu dros eu bywydau, dyma nhw'n dal at eu defodau cywilyddus. Diolch am waredigaeth! Diolch am Anghrediniaeth!"

Yna cododd gwaedd, "Ond dydi pawb ddim yn Anghredinwyr."

Cydiodd amryw yn hyn a dechrau siantio, "Ond dydi pawb ddim yn Anghredinwyr."

O hyn aed ati i weiddi, "I lawr â phob crediniaeth!" "Anghrediniaeth neu ddim!"

Yn raddol trodd hyn yn weiddi, "Dim credinwyr! Dim credinwyr!" ac yna yn, "Mi laddwn ni bob crediniwr! Mi laddwn ni bod crediniwr!" Torrodd rhan o'r dyrfa allan i'r stryd a mynd rhagddi dan weiddi, "Mi laddwn ni bob crediniwr!"

Ymhen tipyn daethant o fewn golwg festri, a goleuni yn ei ffenestri. A dechreuodd y dyrfa lifo fel sarff dywyll tuag ati. Y tu mewn i'r festri clywodd y criw bach weiddi, aneglur i ddechrau, ond gweiddi a raddol drodd yn eiriau a gododd ofn arnyn nhw.

"Mi laddwn ni bob crediniwr!"

Yn sydyn chwalodd un ffenest nes bod darnau o wydyr yn syrthio fel cyllyll i'r festri. Yna malodd un arall. Trodd y criw bach tua drysau mewnol y festri fel yr agorwyd y drws-allan gyda chlep yn erbyn wal y cyntedd. Yna daeth torf i mewn trwy'r drysau mewnol yn dal i weiddi, "Mi laddwn ni nhw!" Cyn iddyn nhw gyrraedd blaen y festri, roedd y waedd wedi symleiddio i fod yn, "Lladd, lladd, lladd!" Malwyd byrddau a chadeiriau a dechreuwyd curo'r criw bychan heb drugaredd efo darnau o'r dodrefn maluriedig nes bod gwaed ar y llawr ac ar y seddau, ac nes bod cnawd ac esgyrn yn gymysgedd waedlyd, a bod yno sŵn wylofain ac ochain a galar. Nes i farwolaeth ddistewi unrhyw arwydd o fodoli crediniol. Taflwyd y llyfrau emynau a oedd yno ar gyfer ymwelwyr yn ddarnau a thudalennau ar hyd y lle, a mathrwyd y Beibl dan draed. Yna dechreuodd y dorf lusgo'r cyrff gerfydd eu traed allan i'r ffordd, a neidio arnynt yno, a thynnu ynddynt nes bod sŵn enbyd rhwygo yn cymysgu ag udo Anghredinwyr.

Erbyn hyn roedd Serenissima wedi cyrraedd y fan. Yn y cythrwfwl gwaedlyd dyma hi'n gweld Paul à Seilas yn gorff. Edrychodd arno, rhoi ei thraed arno, a gweiddi, "A rŵan dinistriwch y lle 'ma." A dyna a wnaed. Rhwygwyd y seddau a'r pulpud yn y festri a'r capel, a thaflwyd eu coed yn bentwr ar y llawr. Ac yna cyneuwyd tân. Aeth pawb allan a sefyll i syllu ar yr hen adeiladau'n cael eu hysu gan fflamau melyn. Yn gyfeiliant i hyn oll yr oedd sŵn clecian a sŵn distiau'n disgyn, a meini'n cwympo. Edrychodd y dorf, gyda llygaid oedd yn loyw yng ngolau'r fflamau, ar yr adeiladau'n cael eu difa ac ar dalpiau ohonyn nhw'n crasio i lawr. Ac yna dywedodd Serenissima, "Fel hyn y mae hi'n mynd i fod rŵan." Ac felly y bu hi hefyd.

9.

ARWR, U.D.A.

Doedd bywyd yn Llandudntno Isaf ddim yn hawdd, a rheswm da paham – roedd y lle wedi ei gymryd drosodd gan ddihirod Côs y Nosa'. Fel tylluanod, yn eu tro, yn y nos y deuai'r Côs allan gan amlaf i gyflawni eu drwgweithredoedd erch: ni allai neb adael ei feic yn ei ardd, heb sôn am ei sgwter, na fyddai'r gwehilion hyn wedi ei ddwyn. Yn rhandiroedd y ddinas, rhandiroedd a roes gynhaliaeth i gyfran o'r boblogaeth yn ystod yr Ail Ryfel Byd, nid oedd pwrpas i neb blannu na thaten na chabatjien a disgwyl gweld ffrwyth ei lafur. Ni fentrai'r un dinesydd ddangos ei drwyn ar yr heolydd ar ôl hanner awr wedi naw yn yr haf, a hanner awr wedi saith yn y gaeaf, neu fe ymosodid arno gan haid o lowtiaid yn uchel ar gyffuriau a dyfent yn y rhandiroedd gadawedig. Hawliai'r cyfryw rai gyfran o enillion prin perchnogion siopau tjips, siopau gwin, tafarndai, cownteri-loteri ac ati y ddinas. A hawliai'r dreng Dad-bedydd Don Lwiji Vincente Corgattopardo gyfran o bob drwg-enillion. Yn wyneb hyn oll doedd bywyd yn Llandudntno Isaf ddim yn hawdd.

"Be wnawn ni?" gofynnodd Maer y ddinas mewn anobaith i'w gynghorwyr, cynghorwyr yr oedd cyfran sylweddol ohonyn nhw'n weision bach i Lwiji Vincente.

"Does dim y medrwn ni ei wneud," meddai un ohonyn nhw, "ond dal ymlaen fel rydym ni."

Bu distawrwydd annymunol yn neuadd y ddinas. Yna cododd un ei lef a dweud, "Oes, y mae yna rywbeth y gallwn ni ei wneud – anfon am Harri Leibec."

"Harri Leibec, pwy ydi hwnnw pan fydd o adre?" gofynnodd y Maer.

"Ymladdwr dewr yn erbyn pob math o wehilion," atebodd y llefarydd, sef benyw decaf Llandudntno, Josephine O'Hara.

"Ymhle y cawn ni afael arno fo?" holodd y Maer.

"Yn y wlad lle y mae cael gafael ar bob Arwr," meddai Josephine, "America."

Bythefnos yn ddiweddarach pwy droediodd oddi ar awyren ym maes awyr Manceinion ond Harri Leibec, yn chwe throedfedd a hanner cydnerth, yn ddu ei wallt a'i aeliau, ac yn hanner gwgu ar y byd o'i gwmpas. Roedd yn feistr Gwregys Du mewn Aicido, Carate, Jiwdo a Chendo, yn gyllellwr deheuig, yn saethwr gwn di-feth, yn arbenigwr ar bob math o ffrwydron, yn un a oedd wedi treulio blynyddoedd yng ngwasanaeth cudd America, ac yn un a enillodd Galon Borffor ar faes y gad. Hynny ydi, roedd Leibec yn fyddin-un-dyn. Fel y camai trwy'r dorf i godi ei bàc ymrannai'r bobol fel y Môr Coch o flaen Moses. Wrth y drws-mynd-allan, yn dal placard ac arno'r enw HARRI LEIBEC yr oedd Josephine O'Hara. Aeth Harri ati ac mewn llais distaw a chyda chwrteisi bonheddig dywedodd, "Rydw i'n gweld eich bod chi'n fy nisgwyl i." Edrychodd Josephine i fyny arno a gwyddai, ddim ond o edrych arno, fod hwn yn Arwr go-iawn.

Aeth y ddau at y car yr oedd y Maer wedi rhoi ei fenthyg o, a'i yrrwr, i gyrchu Leibec.

"Am adre James," meddai Josephine. A chyn pen teirawr roedd y car du'n tynnu at y palmant o flaen gwesty mwyaf Llandudntno Isaf, sef Y Grand.

Noson o haf oedd hi, a deg o'r gloch oedd hi. Fel y daeth Leibec allan o'r car ymddangosodd pedwar o Gorilas mwyaf Lwiji Vincente ar risiau'r gwesty i roi croeso twymgalon iddo. Rhwng y pedwar ohonyn nhw doedd eu pwysau ddim ymhell o bwysau eliffant ifanc. Rhwng y pedwar ohonyn nhw doedd dim blewyn gweladwy ar eu pennau. Yr oedd gwenau mileinig ar eu hwynebau garw, a bylchau fel caerau cestyll yn eu dannedd melynfrown. Safodd Leibec yn edrych arnynt, hanner ymddangosodd gwên swil ar ei wyneb. Dynesodd y pedwar yn fygythiol. Camodd Leibec i'w cyfarfod, cnociodd bennau y ddau nesaf ato yn ei gilydd nes bod eu perchnogion yn clywed miwsig nefol. Yna trawodd y trydydd Gorila yn ei drwyn nes ei fod o'n stillio gwaedu a dagrau'n llenwi ei lygaid syn cyn iddo gael ei fwrw ar ei gefn ar y grisiau fel sachaid o datws. Yna rhoddodd Leibec gic i'r pedwerydd yn ei geilliau cyn ei daflu at gar y Maer lle y daeth i wrthdrawiad dramatig â'r metel du. Camodd Leibec yn ofalus rhwng y pedwar a oedd yn llonydd ar y llawr, estyn ei fag o'r car, a dweud wrth Josephine y disgwyliai hi am tua hanner awr wedi naw drannoeth.

Erbyn hanner awr wedi hanner nos roedd y pedwar Gorila wedi dadebru digon i ymlusgo i faenor foethus Lwiji Vincente. Gadawyd hwy i'w wyddfod yn ei ystafell, a oedd wedi ei dodrefnu mewn dull trymllyd Fictoraidd. Eisteddai Lwiji Vincente y tu ôl i ddesg, megis un a oedd wedi hanner dygymod â blinderau bywyd. Roedd dros ei drigain oed, yn welw, a mymryn yn dagellog, a'i wallt seimllyd wedi ei gribo'n dynn yn ôl. Wrth ei ochor eisteddai ei hensiwr deallus, Ernest Huws. Pan siaradodd Lwiji Vincente o'r diwedd siaradai'n dawel ac fel pe bai ganddo lond ceg o letus, a siaradai gyda llawer o seibiau.

"Pedwar ohonoch chi . . . Faint ohonyn nhw?" gofynnodd.

Ni ddeallodd y Gorilas i ddechrau – oherwydd ei ymadroddi nid oedd yn hawdd ei ddeall, a bu'n rhaid i Ernest Huws ailadrodd ei eiriau.

"Nid 'nhw', Don Lwiji," meddai Gorila Un, gan syllu gyda diddordeb ysol ar garped yr ystafell.

"Nid 'nhw'!" ebychodd Lwiji – roedd rhywun yn dechrau dod i'w ddeall gydag arfer, fel deall iaith estron heb ei chlywed am gyfnod go faith.

"A ydym ni, felly . . . yn trafod yr unigol yn hytrach na'r lluosog?" gofynnodd Lwiji.

Teimlai Gorila Un ei fod wedi gwneud ei gyfraniad i'r sgwrs ac arhosodd yn fud i un o'i gyd-Gorilas ateb. Ar ôl tawelwch annymunol, dywedodd Gorila Dau, "Ydym, Don Lwiji."

"A!" meddai Lwiji, "pedwar ohonoch chi, ac . . . *un* ohonyn nhw." Roedd pwyslais bygythiol ar yr 'un'.

"Ie Don Lwiji," meddai Gorila Dau, yn anfoddog.

"Maddeuwch imi am ofyn," meddai Lwiji yr un mor dawel ag y dechreuodd, "ond roeddwn i'n meddwl – efallai 'mod i'n anghywir – eich bod chi i gyd yn baffwyr, pwysau trwm . . . a'ch bod chi'n medru cnoi . . . brics . . . petai raid."

"Wedi bod yn ymgeisydd am bencampwriaeth Prydain," meddai Gorila Tri.

"A ydw i i ddeall, felly, fod safonau paffio yn y Deyrnas Unedig wedi rhyw . . . ddirywio . . . yn ddiweddar?" holodd Lwiji.

"Na Don Lwiji," atebodd y Trydydd. "Ein cael ni heb inni fod yn disgwyl dim trafferth wnaeth o."

"Heb ichi fod yn disgwyl! A beth, gyfeillion, oeddech chi wedi bod yn ei wneud y tu allan i'r hotel yna ers hanner awr wedi wyth?"

Bu tawelwch mawr. "Wel?" gofynnodd Lwiji.

"Disgwyl, Don Lwiji," meddai Gorila Pedwar.

"Ac ar ôl ichi fod yn disgwyl, mi gyrhaeddodd," meddai Lwiji, "ac mi fflatiodd y cwbwl lot ohonoch chi . . . mewn dau funud. Ddim digon disgwylgar, gyfeillion, dyna fuaswn i'n ei ddweud; ddim digon disgwylgar. Neu, a rhoi'r peth mewn ffordd arall," yma gwaeddodd Lwiji nes bod y pedwar yn neidio mewn braw, "mi yrrais i bedwar pwdryn llipa i wneud joban yr oedd gofyn am dipyn, bach, o galon a medr i'w gwneud hi. Ewch o 'ngolwg i!"

"Rhowch gyfle arall inni, Don Lwiji," ymbiliodd Gorila Un.

"Un cyfle fydda i'n ei roi i bawb," meddai Lwiji. "Dydw i ddim eisio gweld gwep hyll yr un ohonoch chi byth eto."

Aeth y pedwar yn wysg eu cefnau am y drws gan gyd-syllu ar y carped, a diflannu am byth o'r saga hon.

Pan gyrhaeddodd Josephine O'Hara westy Y Grand am hanner awr wedi naw y bore roedd Leibec yn ei disgwyl. Ar ôl y cyfarchion boreol arferol gofynnodd iddi, "Lle rŵan?"

"I weld y Maer," meddai hithau.

"Be ydi ei enw fo?" gofynnodd Leibec.
"Daniel Owen," meddai Josephine.

Erbyn iddynt fynd i mewn i swyddfa'r Maer roedd hi'n amlwg fod y newydd am y noson cynt wedi ei gyrraedd.

"Noson dda neithiwr," meddai'r Maer.

"Da?" holodd Leibec.

"Setlo pedwar o brif hwliganiaid Lwiji Vincente," meddai'r Maer.

"Felly," meddai Leibec.

"Ond rhaid inni beidio â meddwl mai dyma ddiwedd pethau," meddai'r Maer. "Yr hyn 'ddigwyddith rŵan ydi y bydd Lwiji Vincente'n anfon am rai o brif derfysgwyr yr isfyd tywyll y mae o'n trigo ynddo fo."

"Mae yna nifer ddethol o'r rheini," meddai Leibec. "Ond mi fydd yn rhaid iddo fo dalu'n ddrud iawn am eu gwasanaeth nhw."

"Dydi pres yn poeni dim ar Lwiji Vincente," meddai'r Maer.

"Nac ydi siŵr," meddai Leibec, "achos y chi a dinasyddion y lle yma fydd yn talu mewn gwirionedd."

"Dydw i ddim yn dawel iawn fy meddwl ynghylch gofyn i Josephine," nodiodd y Maer ati, "eich tywys chi o gwmpas. Mae yna beryglon. Mae arna'i flys gofyn i bennaeth yr heddlu drefnu criw i ddangos pethau ichi."

"Does arna i ddim ofn," meddai Josephine, gan edrych hytrach yn garuaidd ar Leibec.

"Does arna i ddim eisio gang o 'nghwmpas," meddai Leibec, "yn mynd dan draed. Mi ofala i am Josephine. Lleia'n y byd sy'n gwybod am fy nghynlluniau i, gorau'n y byd."

"Mae 'na nifer o leoedd lle y mae dihirod Lwiji yn hongian allan," meddai Josephine.

"Beth am fynd â mi i weld y llefydd hyn," meddai Leibec.

"Y lle cyntaf inni fynd i'w weld," meddai Josephine, "ydi Villa Lwiji."

Roedd Villa Lwiji yn faenor sylweddol iawn, gyda muriau uchel o'i chwmpas a llygadau-gwarchod ar bennau polion yma ac acw. Ar ben y ffordd weddol hir o'r stryd fawr at y tŷ roedd yna giatiau haearn trymion a dau warchodwr yr oedd eu golwg mor ffyrnig â golwg y ddau Ddoberman oedd yno gyda nhw.

"Ewch â fi o gwmpas y stad, os gwelwch yn dda," meddai Leibec.

Gyrrodd Josephine ei char yn weddol araf, tra syllai Leibec yn ofalus ar fanylion y lle. Roedden nhw wedi dod yn eu holau at giatiau'r prif borth pan ddaeth car mawr du allan drwyddynt. Cafodd Leibec gip ar siâp lluddedig Lwiji Vincente wrth i'r car ysgubo i lawr y ffordd fawr.

"Dyna fo Lwiji Vincente," meddai Josephine, ar yr un pryd yn union ag y dywedodd ei yrrwr wrth Lwiji Vincente, "Dyna fo Harri Leibec."

"Y diweddar . . . Harri Leibec," meddai Lwiji.

Yna aeth Josephine â Leibec yn ei ôl i'r ddinas i weld Casino Lwiji Vincente. Roedd yn lle llachar gyda dau gyn-filwr-cyflog creithiog mewn hwyrol siwtiau yn gwgu wrth ei ddrysau.

"Dyma lle y mae Lwiji'n cael cyfran dda o'i gyfoeth," meddai Josephine, "trwy dwyllo gamblwyr diniwed – wel, lled-ddiniwed – o'u harian."

"Mi alwa i heibio heno 'ma," meddai Leibec gan wenu arni.

Y lle nesaf iddynt sefyll o'i flaen oedd adeilad yn dwyn yr enw Nirvana Hyfryta, ond a elwid ar lafar yn Hwrdy Lwiji Vincente.

"Mae'r lle yma'n ffau o ddrygioni, yn bwll o drythyllwch, yn garthffos o bydredd moesol," meddai Josephine.

"Mae'n debyg ei fod o'n lle poblogaidd iawn felly," sylwodd Leibec.

"Mae Lwiji ei hun yn Grynwr defosiynol ac yn gyfrannwr hael at yr Achos," meddai Josephine, "ond dyma lle y mae o'n cael peth o'i arian budur."

"Mi fydd yn rhaid imi alw heibio ryw ben," meddai Leibec, gan edrych ar Josephine i weld sut y byddai hi'n ymateb.

"Mi ddo i efo chi," meddai hi. "Maen' nhw'n darparu ar gyfer pob misdimanas yn fan'ma!"

Wedyn bu'r ddau'n cael golwg ar rai o dafarnau Lwiji Vincente.

"Mi a' i'n ôl i'r gwesty rŵan," meddai Leibec. "Mi a' i am bum munud y pnawn yma, gan fy mod i'n bwriadu codi allan heno."

"Mi ddo i efo chi," meddai Josephine.

"Ddim heno, Josephine," meddai Leibec.

Am hanner awr wedi naw, pan oedd dinasyddion gonest ac ofnus Llandudntno Isaf yn cau eu drysau ar y byd mawr drwg, daeth Leibec i lawr grisiau ei westy mewn côt law ddu, laes. Edrychodd o'i gwmpas heb weld neb ond lagerlowtiaid anghymdeithasol yn edrych yn amheus arno.

"Noswaith dda, foneddigion," meddai yntau wrth fynd heibio i grŵp o hanner dwsin pyglyd ohonynt, ar ei ffordd i Gasino Lwiji Vincente.

Roedd y ddau oedd wrth ddrysau'r lle hwnnw yn y bore wedi mynd, ac un gŵr o faintioli arth ddu wedi ei wasgu'n afrwydd i hwyrol siwt yn sefyll yno yn wên i gyd wrth groesawu'r clientél. Pan ddynesodd Leibec at y porth safodd yr Arth o'i flaen, a dweud,

"Rydw i'n sylwi, syr, nad ydych chi'n gwisgo tei, o unrhyw fath, heb sôn am dei-bô. Mae'n ddrwg calon gen i ond 'alla i ddim caniatáu mynediad ichi fel hyn."

"Mi fenthycia i eich tei chi 'te," meddai Leibec.

Fferrodd gwên y porthor, "Dipyn o lanc ydym ni, syr?" meddai. "Nos dawch." Estynnodd bawen arthaidd ac aruthr am Leibec, ond plygodd hwnnw y fraich yn ei hôl nes bod y porthor yn cwympo'n wysg eu gefn. Yna rhoddodd swadan frawychus iddo ym mhwll ei stumog maintiolus nes ei fod yn gorwedd yn ddisymud ar y llawr. Wedyn cymerodd ei dei-bô, ei daro am ei goler, ac i mewn ag o.

"Ga i gymryd eich côt chi, syr?" meddai merch ifanc benfelen oedd â'i thrysorau, gan mwyaf, yn y golwg.

"Na dydw i ddim yn bwriadu aros yn hir, diolch," meddai Leibec, gan gerdded yn ei flaen ac i mewn i ystafell foethus lachar, lle'r oedd crwpwyr a chrwpwragedd yn disgwyl am gwsmeriaid uwch eu byrddau gwyrddion. Yn y cyfamser roedd y ferch-cadw-dillad wedi ffonio drwodd i gyhoeddi fod Trwbwl ar y ffordd. Daeth hanner dwsin o fownswyr cydnerth mewn hwyrol siwtiau i lawr y grisiau o oruwchystafell. Wrth eu gweld, cyfeiriodd Leibec ei gamre tuag atynt. Cyfarfu hwy pan oedd o hanner y ffordd i fyny'r grisiau, a phan oedden nhw hanner y ffordd i lawr. Bu rhyw fath o dymestl yn y fan a'r lle, a'i chanlyniad oedd fod y rhai oedd ar eu ffordd i lawr wedi eu canfod eu hunain yn prysuro i'r cyfeiriad hwnnw gyda llawer iawn mwy o gyflymder nag y bydden nhw wedi hoffi. Daethant i orffwys yn un pentwr llonydd a thawel iawn ar waelod y grisiau. Dal i fynd i fyny a wnaeth Leibec. Agorodd ddrws cysegr santeiddiolaf y Casino, ac yno yn eistedd yn sigarog y tu ôl i ddesg fahogani enfawr yr oedd gŵr penfoel, barfog. Agorodd ei lygaid mewn syndod pan welodd Leibec yn dod i mewn; cythrodd yn un o ddroriau ei ddesg am y gwn y mae pobol fel o'n wastad yn eu cadw yno. Ond yn llawer rhy araf. Cyn iddo lawn sylweddoli beth oedd yn digwydd yr oedd yntau yn hwylio i lawr y grisiau, gan achlysurol fownsio arnynt, i ymuno'n bendramwnwgl â'i fownswyr teyrngar, ond aneffeithiol, ar y gwaelod.

Roedd gan Reolwr y Casino danc-dŵr gwydyr, enfawr yn ei swyddfa lle nofiai dwy slywen-fôr braff ac anffansïol. Y peth nesaf a ddigwyddodd oedd fod y ddwy hyn hefyd yn cael eu sgubo i lawr y grisiau mewn llif o ddŵr a dorrodd fel o argae drylliedig ar ôl i Leibec falu'r gwydyr. Sgrialodd hynny o bobol oedd yn y Casino yma a thraw gan adael y ddwy slywen dew yn cordeddu ar y carped drudfawr i gyfeiliant mwsac di-chwaeth y sefydliad.

Yna daeth Leibec ei hun i lawr y grisiau. Yn y gwaelod oedodd i dorri gwydyr a ddaliai fwyell mewn argyfwng tân ac yna aeth ati i hollti'r byrddau gamblo yn eu tro. Wedi gwneud hyn, taflodd y fwyell, a'i gwneud hi am y porth. Cyn mynd trwy'r drysau gwydyr cydiodd mewn rhybudd a gyhoeddai fod y Casino wedi cau, ei daro ar ochor allanol un o'r drysau a, chan gamu dros yr Arth-borthor a oedd o hyd ym mreichiau Morffews, aeth yn ei flaen gan daflu cwpwl o lowtiaid trwy ffenestri tafarndai Lwiji Vincente ar ei ffordd. Gan ganiatáu iddo'i hun gysgod gwên, dywedodd wrtho'i hun, "Mi ddylai hyn gynhyrfu'r dyfroedd."

Canodd y ffôn yn swyddfa heddlu Llandudntno Isaf. Cododd yr Heddwas Smith, a oedd ar ddyletswydd.

"Wnewch chi dreio siarad yn gliriach, plîs," meddai.

Ar ben arall y ffôn yr oedd Rheolwr y Casino yn llefaru'n boenus â genau chwyddedig.

"Y ng ma di ml lle," dywedodd.

Crafodd yr heddwas ei ben, amneidiodd at ffôn arall, a dweud wrth ei bartner, Titmus, "Treia wneud rhywbeth o hwn." Yna siaradodd unwaith eto i'r ffôn, yn araf a chan bwysleisio pob sillaf, "Fu-as-ech chi mor gar-ed-ig ag ail-ad-rodd hyn-na, plîs."

Daeth ffrwydrad lleisiol o ben arall y lein; dim ond un sillaf yn unig a ddeallodd yr heddwas, sef "Off."

"Galwad niwsans," meddai wrth ei bartner. "Mi dreiwn ni ei holrhain hi."

Ymhen y rhawg daeth Casino Lwiji Vincente i fyny fel ffynhonnell yr alwad.

"Be mae'r dihirod yna ei eisio, os gwn i," meddai Smith. "Mi yrrwn ni gar-sgwad draw jest inni gael gweld."

"Tri char-sgwad," meddai Titmus, "dydi hi ddim yn sâff i ni fynd i mewn i fan'na heb fynd yn griw."

"Tri char-sgwad," cytunodd Smith.

Gyda chlychau'n canu a goleuadau'n fflachio, yn union fel y byddai pan oedd y ffôrs am sgrialu traffig ar eu ffordd i nôl tjips, cyrhaedd-odd y tri char-sgwad y Casino.

"Dydi'r lle ddim yn agored," meddai'r heddwas cyntaf i ddod o'i gar. Ond o dreio'r drysau gwydyr fe'i cafodd ei hun, a'i gymdeithion i'w ganlyn, yn ystafell fawr y lle. Wrth weld yr hyn oedd o'u blaenau, "Nefi!" meddai amryw o'r heddweision fel unawd. Pan welodd Rheolwr y Casino nhw, "Y ng y ma di ml lle," meddai.

"Eisio gwneud cwyn?" holodd yr heddwas cyntaf i mewn.

Yma sylweddolodd y Rheolwr na ddylai fod wedi ffonio'r heddlu o gwbwl, am nad felly roedd Côs y Nosa' yn gwneud eu pethau. Rhyw ymateb greddfol o'i orffennol pell, ac o ddyddiau ei ddiniweidrwydd oedd yr alwad. Ymddangosodd y ferch-cadw-cotiau a dehongli geiriau ei meistr i'r heddlu. "Eisio plymar oedd o. Galw'r rhif anghywir. Dipyn o drafferth efo'r tanc slywod. Nos da gyfeillion."

Aeth yr heddlu allan dan synnu a rhyfeddu. "Mae'n rhaid fod yna ryw fath o nytars wedi dod i'r ardal," meddai un o'r criw. "Mae pwy bynnag wnaeth hyn wedi selio ei ffawd, ac mi allan' nhw fentro archebu eirch."

"Arch," meddai'r ferch-cadw-cotiau. "Unigol."

"Wel, mae pwy bynnag ydi o'n fwy o nytar nag oeddwn i'n ei ddychmygu," meddai un arall o'r heddlu. "Dydi Lwiji Vincente ddim yn un i gymryd peth fel hyn yn gorwedd i lawr."

"Nac ar ei draed ychwaith," oedd sylw cyrhaeddgar yr Heddwas J. M. Jones, a oedd yn dipyn o Gymreigiwr.

Y noson ddilynol cyrhaeddodd Josephine westy'r Grand am hanner awr wedi naw, a gweld Leibec yn y cyntedd.

"Rydw i am ddod efo chi," meddai Josephine wrth Leibec.

"Mae hyn yn mynd i fod yn annymunol," meddai Leibec. "Rydw i am ymweld â Nirvana Hyfryta."

"Rheitia'n y byd i mi ddod efo chi 'te," meddai Josephine, "jest rhag ofn . . ."

Gwenodd Leibec. "Ond y mae mynd â boneddiges i'r lle yma'r un â chario dŵr dros . . ."

"Lyn Tegid," meddai Josephine.

"Lle mae fan'no?" holodd Leibec.

"Yn Nirvana Hyfryta," atebodd Josephine. "Mae'r car wrth y drws."

Roedd Leibec wedi ei wisgo fel y noson cynt, ond ei fod o heb ei gôt fawr. Roedd Josephine mewn gwisg nos, ddu, syml ond chwaethus – yn ôl y disgrifiad ohoni yn atodiad un o'r papurau dydd Sul – hyn o dan gôt ddu a wnâi'r cyfan o'i chouture yn osgeiddig-anarddangosiadol.

Parciodd y ddau beth pellter oddi wrth Nirvana Hyfryta, a cherdded yno. Cawsant groeso mawr wrth y drws, gan un o drwm-ddynion Lwiji. Gwenodd yn seimllyd ac awgrymog o weld y pâr ohonynt. "Wnaeth dipyn bach o newid ddim drwg i neb erioed," sylwodd.

Aeth y ddau i mewn. "Côt madame," meddai'r ferch-cadw-cotiau.

"Ie, côt madame ydi hi," meddai Leibec a, heb gymryd mwy o sylw o'r ferch, mynd â Josephine i mewn gydag o yn dal i wisgo ei chôt.

"Rhag ofn y bydd angen inni fynd o'ma ar dipyn bach o frys," meddai Leibec.

Roedd y coridor porffor o'r drws ffrynt yn arwain i ystafell gron, helaeth, gyda glwth crwn o felfed porffor yn y canol. Daeth gwraig a ymagweddai fel boneddiges ymlaen i'w croesawu. Gwisgai ffrog helaeth o liw piws, cwbwl annerbyniol i un a ymagweddai fel boneddiges.

"Noswaith dda," meddai. "Gymerwch chi ddiferyn?"

"Dim diolch," meddai Leibec.

"Mae 'na rywun yn fan'cw," meddai Josephine, gan gyfeirio at y coridor o'r drws ffrynt. Yno yr oedd dau o'r rhai y gwelodd Leibec hwy ddiwethaf ar waelod grisiau Casino Lwiji – sylweddolasai Lwiji Vincente y byddai'n fain arno am henswyr os daliai at ei 'un cyfle yn unig'.

"A fan'cw," meddai Josephine.

O goridor a oedd gyferbyn â'r un a âi at y drws yr oedd pedwar Gorila na welsai Leibec mohonyn nhw o'r blaen yn dynesu.

"Be wnawn ni?" gofynnodd Josephine, a'i braw yn cynyddu.

"Eistedd i lawr yma," meddai Leibec, "a chadwa . . ." yma daeth hi'n ymwybodol ei fod wedi ei chyfarch yn yr ail berson unigol, a oedd, fel y cofiai o wers ramadeg rhyw bum mlynedd yn ôl, yn gallu dynodi anwyldeb, "olwg ar y Madam yma."

Ar hyn tynnodd y Madam gyllell o rywle yn helaethrwydd ei gwisg biws, a dynesodd yn fygythiol at Josephine. Yn y cyfamser yr oedd y chwe trym-ddyn yn cau am Leibec.

"Mae arna-i ofn y bydd yn rhaid iti ddelio â Madam dy hun am funud neu ddau," meddai Leibec, gan godi cadair borffor felfed a'i dwyn i lawr gyda grym sylweddol ar ben un o'r ddau a welsai o'r blaen. Llithrodd hwnnw unwaith eto i gwsg anesmwyth.

Yna deliodd Leibec yn yr un modd â'i gydymaith. A llithrodd yntau i'r llawr mewn cwsg yr un mor anesmwyth â'i bartner. Yna trodd at y pedwar arall a oedd yn cyflym ddynesu. Rhoes gic Aicido boenus eithriadol i un gan ei ddiymadferthu am y noson; rhoes ergyd Gwng Ffw malu-brics i un arall ar ei ysgwydd; yna dyrnodd y ddau arall i ryw Nirvana dywyll mewn dull mwy confensiynol. Yn y cyfamser roedd Josephine yn cael gryn drafferth efo'r Madam. Roedd honno yn ymroi i'r ysgarmes gydag arddeliad un yn gweld ei bywoliaeth yn cael ei pheryglu ac, erbyn hyn, gan rym ei hymdrechion, yr oedd ei hwyneb yn prysur droi yr un lliw â'i ffrog. Estynnodd Leibec ffiol (yn hytrach, sylwer, na phot) blodau i Josephine, a llwyddodd hithau i goroni'r Fadam â hi. Llithrodd honno i'r llawr yn flodeuog liwgar i gyfeiliant trydar pêr amryfal fathau o adar.

"Ddeudis i'n do!" meddai Leibec, "y byddai yna beryg."

"Be rŵan?" holodd Josephine.

"Hyn," meddai Leibec gan fynd rhagddo ar hyd un coridor yn agor drysau a gweiddi,

"*Time gentlemen please.*" Creodd hyn banic y mae'n anodd mesur ei anferthedd. O un ystafell ar ôl y llall daeth nifer o gynghorwyr y dref, ac eraill, allan yn noethlymun gan brotestio nad fel hyn yr oedd rhedeg Nirvana. Clywyd gair neu ddau hefyd am "Fusnes anorffenedig."

"Gorffenedig," meddai Leibec, gan ollwng rhaff euraid a ddaliai chandelier o ganhwyllau nes ei fod yn ffrwydro'n fflamau echryslon ar y llawr. "Tân! Tân!" gwaeddodd Leibec, gan agor mwy o ddrysau ar hyd y coridor. Llanwyd y stryd o flaen y Nirvana Hyfryta gan amrywiaeth o noethlymuniaid protestgar. Mentrodd hyd yn oed rai o ddinasyddion ofnus Llandudntno Isaf allan i weld beth oedd yn digwydd. Daeth y nos i ben gyda dyfodiad y frigâd dân a chwistrellodd ddŵr oer ar fflamau'r adeilad ac ar dân pob nwyd, gan adael y Nirvana Hyfryta yn adfail llygadrwth ac yn lludw llwyd.

"Be ydi'r criw dienaid yma . . . yr ydw i'n talu arian mawr am eu gwasanaeth nhw!" llefodd Lwiji Vincente gymaint mewn galar ag mewn dicter, pan ddaeth y newydd i'w glyw am yr hyn oedd wedi digwydd i'w Gasino. Dechreuodd amau a oedd gang arall wedi symud i mewn i'w diriogaeth o.

"Na, signore," meddai Ernest Huws wrtho, "nid gang arall sydd yma, ond Harri Leibec."

"Un dyn!" griddfanodd Lwiji. "Un dyn!"

"Mi gawn ni wared ohono fo, peidiwch â phoeni Don Lwiji," meddai Ernest Huws.

"Rydw i'n dechrau amau hynny," meddai Lwiji.

"Efallai y dylem ni feddwl am dynnu arbenigwr . . ." meddai Ernest Huws.

". . . neu ddau," meddai Lwiji.

". . . i setlo ein problemau unwaith am byth," gorffennodd Ernest Huws ei frawddeg.

"A phwy felly?" gofynnodd Lwiji.

"Vincent Fan Felen," meddai Ernest Huws.

"Yr holl ffordd o Sisilia?" gofynnodd Lwiji.

"A Cholwyn Bay Williams," meddai Ernest Huws.

"Colwyn Bay!" ebychodd Lwiji. "Mi gostith hyn geiniog go glws inni."

"Ond mi gaiff y job ei gwneud," meddai Ernest Huws.

"Trefna bethau 'te," gorchmynnodd Lwiji.

Ar y We y cafodd Ernest Huws afael ar y ddau arch-ddihiryn a enwodd, dau yr oedd crybwyll eu henwau'n ddigon i godi arswyd ar holl garn-ddrwgweithredwyr y byd. O'r mannau yr oeddent yn hongian allan ynddynt daeth yr un neges gan y ddau, "Fe ddalia i'r trên gyntaf ma's o'r dre."

Ac ar y trên y cyrhaeddodd y ddau orsaf enfawr Llandudntno Isaf – yn hwyr fel yr oedd hi'n digwydd – ddeuddydd yn ddiweddarach. Ar ôl cyrraedd fe saethodd Vincent y gyrrwr, a Cholwyn Bay y giard,

"Boed hyn yn wers iddyn nhw am ein cadw ni'n rhy hir ar y ffordd," meddai'r ddau. Ysgubwyd hwy o'r orsaf yn limwsîn enfawr Lwiji Vincente.

Cyfarchodd y ddau Don Lwiji Vincente Corgattopardo gyda pharch dwys. Roedd Vincent Fan Felen (enw a lynodd wrtho oherwydd ei hoffter o yrru fan felen ar bob swydd o bwys) yn fychan o gorffolaeth ond mor farwol â mamba. Edrychai fel aelod o'r Band of Hope wedi cael cwymp oddi wrth ras. Roedd Colwyn yn grymffast athletig o ddyn, gyda gwallt melyn yr oedd yn talu ffortiwn am ei liwio; un o'i brif gampau oedd cyflawni cant o wthiadau-i-fyny efo un fraich. Nid oedd, chwedl yntau, a ymhoffai mewn chwarae geiriol amlieithog, yn 'wth drosodd'.

"Ydych chi wedi clywed am . . . Harri Leibec?" holodd Lwiji Vincente.

"Do," meddai'r ddau ar yr un gwynt.

"Be wyddoch chi amdano fo?"

"Fydd o ddim yn drafferth i ni," meddai Vincent.

"Wedi gwneud enw iddo'i hun yn cwffio yn erbyn ffrïedig bethau bychain," meddai Colwyn. "Dydi o ddim wedi dod wyneb yn wyneb â thorpidos eto."

"Gadwch o i ni, Don Lwiji; mae'ch trybini chi ar ben," meddai Vincent.

Yna mwynhaodd pawb ohonynt sbageti bolonês wedi ei goginio yn y dull Sisiliaidd.

Ni ddigwyddodd dim byd o bwys yn Llandudntno Isaf am dridiau wedyn, ond bu Leibec yn brysur ar ei ben ei hun yn cadw golwg manwl a chyfrin ar Villa Lwiji. Ar ben y tridiau cyrhaeddodd Josephine Y Grand am saith o'r gloch, ac ymunodd â Leibec am hwyrbryd blasus.

"Mae hi wedi bod yn dawel iawn," meddai hi, "a thithau wedi bod yn cadw'n ddiarth. Be nesa?"

"Wêl, meddwl rhoi tro tua Villa Lwiji roeddwn i," meddai Leibec.

"Dyna'r lle perycla un," meddai Josephine, "mi fydd yn rhaid iti gael help y polîs."

"Na," meddai Leibec gyda phendantrwydd terfynol.

"Ond mi fydd y lle'n brigo efo gynnau fel draenog," meddai Josephine. "Ac y mae yna ddau ddieithryn wedi cyrraedd y ddinas. Fe ddar'u nhw saethu gyrrwr y trên a'r giard dim ond am fod y trên yn hwyr."

"Hwyrach mai cymwynaswyr cymunedol ydyn nhw," meddai Leibec. "Yn ôl pob sôn yn y gwesty yma, mae yna gryn dipyn o gyd-ymdeimlad efo nhw am eu gweithred. Pawb wedi hen laru ar drenau hwyr."

"Maen' nhw'n siŵr o fod yn ddynion peryglus iawn. Ac mi fyddan nhw wedi mynd ati i baratoi croeso cynnes iti yn Villa Lwiji."

"Dyna rydw i'n ei wybod," meddai Leibec. "A dyna pam y bydd arna i eisio un neu ddau o bethau."

Doedd fawr ddim mynd a dod wedi bod o gwmpas Villa Lwiji ers i Vincent Fan Felen a Cholwyn Bay Williams gyrraedd. Gwelwyd fan felen yn mynd allan un waith. I chwarel lechi yn y mynyddoedd rai milltiroedd y tu allan i Landudntno yr aeth hi. Dychwelodd â'i llond hi o ffrwydron. Yna aeth Vincent ati i osod pentyrrau bychain ohonyn nhw mewn mannau strategol ar ffiniau tir Villa Lwiji, ac i gysylltu pob giât a drws yn y lle fel bod yna gofnod gweladwy o oleuni'n fflachio ar gyfrifiadur mewn ystafell ganolog os deuai unrhyw beth drwyddyn nhw. Trefnodd Colwyn fod saethwyr mwyaf profiadol Lwiji'n cael eu rhoi yn y mannau a ymddangosai iddo fo yn fannau efo unrhyw wendid ynddyn nhw o gwmpas y faenor, a bu'n ymarfer holl henswyr Don Lwiji yn dulliau mwyaf effeithiol o ymosod yn gorfforol.

"Dim ond disgwyl i Leibec ddangos ei drwyn rŵan," meddai Colwyn wrth Don Lwiji.

"A 'fydd ganddo fo ddim trwyn," meddai Vincent gan gilwenu.

"Gobeithio eich bod chi'n iawn," meddai Don Lwiji. "Neu efallai y byddai'n well i chi pe baech chi heb gael eich geni."

Wrth glywed y geiriau tawel llyncodd hyd yn oed y ddau ddihiryn oer hyn eu poeri a gwelwi ychydig.

"Un peth y bydd arna i ei eisio," meddai Leibec, "ydi jac-codi-baw."

"Mi drefna efo'r Cyngor iti gael un," meddai Josephine, "ond be wnei di efo peth felly?"

"Codi baw, siŵr iawn," meddai Leibec gan wenu."Mi fydd arna i eisio ugain neu fwy o rocedi, rhai da, a chlecars hefyd," meddai, "dau neu dri phwys o gig, a thair chwadan."

"Tair chwadan!"

"Tair plîs."

"A sut fath o gig wyt ti ei eisio?"

"Ffres a choch a gwaedlyd," meddai yntau.

"Pryd y bydd arnat ti angen y pethau yma?"

"Pan fydd y pobol-tywydd yn gaddo noson dawel ddiystŵr," meddai Leibec. "O ie, un peth arall, mi fyddai'n beth da pe baet ti'n dysgu tanio rocedi a chlecars – mi ddysga i iti sut yfory." Ac fe wnaeth.

Roedd Vincent Fan Felen a Cholwyn Bay Williams mewn dipyn o benbleth: roedd popeth yn barod ar gyfer croeso gwresog iawn i Harri Leibec, ond doedd dim byd yn digwydd.

"Tybed ydi o wedi gorffen ei waith?" holodd Colwyn.

"Dim peryg," meddai Vincent.

"Ddim wedi hario felly?" meddai Colwyn.

"Bendith y tad iti, rho'r gorau i'r chwarae plentynnaidd yma ar eiriau," ymatebodd Vincent. "Rwyt ti'n ddigon i godi'r felan ar rywun."

"Y felan, Vincent?" meddai Colwyn. "Wyt ti'n siŵr fod chwarae ar eiriau yn blentynnaidd?"

"Yn ddiamheuol sicir," meddai Vincent. Yna ychwanegodd, "Un o'r triciau clasurol yn ein busnes ni ydi ceisio manteisio ar y gwrthwyneb-ydd pan fydd o'n rhyw feddwl nad oes dim byd yn mynd i ddigwydd."

"Rydw i'n edrych ymlaen at gyfarfod y brawd," meddai Colwyn. "Mi ddangosa i y gwahaniaeth rhwng amaturiaid a phroffesiynol iddo fo."

"Gwnei m'wn!" meddai Vincent.

"A be mae hyn'na i fod i olygu?" holodd Colwyn, a'i dymer yn dechrau meinhau.

"Dim byd mawr. Ond fydd dim rhaid i ti wneud dim byd, achos os daw o drwy fy labyrinth i o ffrwydron mae o'n well dyn na fi, Gynga Din."

"Pwy oedd Gynga Din?" holodd Colwyn.

"Brawd mawr y bôi hwnnw oedd yn gwneud twrw mawr," atebodd Vincent.

"Pwy sy'n chwarae ar eiriau rŵan!" meddai Colwyn.

"Ddim yn fwriadol, coelia fi," meddai Vincent.

"Mae'r rhaglenni sy ar y teledu yma'n wirioneddol warthus," meddai Colwyn. "Yr holl sianeli yma, a fedran nhw ddim cynhyrchu un rhaglen y buasai unigolyn o unrhyw chwaeth yn gallu ei gwylio."

"Iawn," meddai Vincent. "Mi fydda i'n teimlo'n amal fel newid fy job a mynd i fyd y teledu yma – gwaith am jam."

"Jami iawn," meddai Colwyn, ac yna ychwanegodd, "sorri. Mi dro i at y dyn-dweud-tywydd, mae hwnnw ar Sianel Un tua'r adeg yma." Ac yr oedd.

Yn ei westy, yng nghwmni dymunol Josephine, roedd Leibec hefyd newydd droi at Sianel Un a'r dyn-dweud-tywydd, ond mai gwraig-dweud-tywydd oedd hi, mewn gwirionedd. Ar ôl parabl am Brydain yn gyffredinol, trodd y sylw at y rhanbarthau. "Fe fydd hi'n noson dawel heno yn y gogledd-orllewin," meddai'r wraig, "a gellir edrych ymlaen at ddiwrnod anarferol o gynnes yfory."

"Cywir," meddai Leibec, a chan droi at Josephine, dywedodd, "Heno, Josephine: hon ydi ein noson ni."

Aeth y ddau allan o'r gwesty, cerdded i lawr i faes parcio oedd beth pellter i ffwrdd, a mynd i mewn i jac-codi-baw. Tynnodd Leibec y goriad o'i boced a thanio'r bwystfil. Rhuodd yn ddu a symud ymlaen fel eliffant.

"Ble mae'r cwt cyngor yma lle y mae'r gweddill o'r stwff?" holodd Leibec.

"Ar y ffordd," meddai Josephine, "fel y dwedais i."

Fu hi fawr o dro arnyn nhw'n cyrraedd y cwt. Roedd y rocedi a'r clecars mewn bocs carbord, y cig mewn bag seloffen, a'r hwyaid – aflonydd braidd – mewn sach.

"I'r gad," meddai Leibec.

Vincent oedd y cyntaf i glywed sŵn y dynesu. "Mae yna rywbeth ar y ffordd," meddai. Aeth Colwyn allan ar un waith i arolygu ei saethwyr, ac i wneud yn siŵr fod y Dobermannau (chwech i gyd) allan yn prowla.

"Treia ddod trwy'r gerddi yma rŵan, mêt," meddai wrtho'i hun.

Rhoddodd Leibec Josephine i lawr. Gwyddai hi beth yr oedd disgwyl iddi ei wneud. "A dim mwy na hynny, cofia," meddai Leibec, "ar boen dy fywyd."

"O.K., iawn," meddai Josephine, a mynd at wal a oedd yng nghefn y faenor. Taniodd ffiws clecar a'i thaflu dros y wal. Ymhen eiliadau ffrwydrodd nes bod y coed o gwmpas yn bwrw'u dail. Aeth yn ei blaen, taflu clecar arall nes bod y lle'n diasbedain. Cyn pen dim yr oedd pedwar o warchodwyr Colwyn wedi cyrraedd yno, ynghyd â thri chi cynddeiriog. Yn y cyfamser roedd Josephine wedi rhedeg gryn gan llath oddi wrth y wal gefn ac wedi tanio roced heb fod ymhell o'r wal ochor oedd o gwmpas y faenor. Goleuodd y lle'n brydferth o las cyn diweddu mewn gwyntyll o amryliwiaeth hyfryd. Safodd y gwarchodwyr yn edmygu.

Yn y cyfamser roedd y tri chi arall ger y giât ffrynt yn dangos eu dannedd ac yn glafoerio am ymrafael pan laniodd talpiau o gig dan eu trwynau. Yn awr, os caiff ci ddewis rhwng ymrafael a chael cig deniadol-waedlyd, does yna fawr yn y dewis. Cythrodd y cŵn am y cig a'i lowcio, gan lowcio hefyd y cemegyn a roes Leibec ynddo i wneud iddynt gysgu. Cyn pen pedwar munud roedd y cŵn yn waltsio'n ansad o gwmpas y gerddi cyn syrthio'n lledod gyda'r peth tebycaf i wenau ar eu hwynebau milain. Erbyn hyn roedd y tri chi arall wedi cyrraedd yn orffwyll o gefn y tŷ, ac fel y bydd cŵn gorffwyll, heb fod mewn ystad briodol o feddwl i wahaniaethu rhwng ymosodwyr go-iawn a gwarchodwyr y faenor. Digon yw dweud iddynt roi amser anarferol o galed i giang Colwyn cyn iddynt hwythau, yn eu tro, gael eu tawelu – am byth yn eu hachos hwy – gan Colwyn.

"Dyna ni wedi cael gwared o'r cŵn," meddai Leibec – a oedd, fel rheol, yn hoff iawn o anifeiliaid.

Swisiodd roced arall i'r nen gan ffrwydro'n lliwiau, o safle arall y tro hwn. Yna, ar ôl saib dawel, ffrwydrodd un arall wedyn, o safle arall eto. Erbyn hyn roedd gwarchodwyr Colwyn yn rhedeg o gwmpas ar draws ei gilydd a hwnnw'n gweiddi gorchmynion croes i'w gilydd. Yna pan ymddangosai fel pe na allai pethau fynd yn llawer gwaeth, torrodd jac-codi-baw i mewn trwy'r giatiau ffrynt. Fe ffrwydrodd un o ddyfeisiau Vincent, y mae'n wir, ond ddim ond i godi rhaw y jac-codi-baw siedan neu ddwy. Yna, ar ôl jamio'r sbardun yn ei le, neidiodd Leibec o'r JCB efo'i sach fechan dan ei gesail, a gadael i'r peiriant wneud cryn lanast ar lawntiau cyfewin y faenor a rhychu ei ffordd trwy dai-gwydyr helaeth oedd yn rhan o ardd y faenor. Daeth i ben ei daith, ar ôl achosi i gryn hanner dwsin o ffrwydron Vincent danio, yn gwbl ofer. Erbyn hyn roedd Leibec wedi ei gwadnu hi i ochor y faenor, i gyfeiliant clecars a goleuni rocedi a flodeuai yn yr awyr yn achlysurol o wahanol gyfeiriadau. Roedd un o warchodwyr Colwyn wrth ddrws yn fan'no. Gollyngodd Leibec un hwyaden o'i sach, a wadlodd honno'n ffrwcslyd i gyfeiriad y gwarchodwr. Gan nad oedd hwnnw'n gynefin â da pluog, ni allai yn ei fyw ddirnad beth oedd yn dynesu. Yn y diwedd neidiodd allan o'i guddfan a'i ddryll ar annel i weld – nid unrhyw elyn-ddyn, ond gelyn-hwyaden yn cwacian i'w gyfarfod. Edrychodd arni, gyda syndod adarwr brwdfrydig wedi canfod aderyn dieithr, cyn cael ergyd ar ei wegil gan Leibec a'i hanfonodd ar ei union i freichiau Morffews. Yna cyfeiriodd Leibec gamre'r hwyaden tuag at y drws a'i agor iddi. Wadlodd hithau i mewn, ac fel y gwneath aeth y goleuadau-rhybudd yn ystafell Vincent yn wallgo. Rhuthrodd yntau i rythu ar ei sgrîn. Ar y dechrau nid oedd dim yn weladwy arni.

"Dydi hyn ddim yn bosib," meddai Vincent. Yna gwelodd siâp ar waelod y sgrîn.

Galwodd un o henswyr Lwiji Vincente a oedd yn yr ystafell gydag o a dweud wrtho, "Be weli di ar y sgrîn yma?"

Syllodd hwnnw, "Mae'n edrych yn debyg i chwadan i mi," meddai.

"Dyna mae hi'n edrych yn debyg i minnau hefyd. Dos i jecio," meddai, "a bydd yn ofalus iawn. A dywed wrth Colwyn be sy'n digwydd."

Cyn pen dim cyrhaeddodd yr hensiwr y cyntedd lle'r oedd y drws-ochor. Aeth i mewn i'r ystafell yn ofalus gan ddal ei refolfer gyda dwy law a'i gyfeirio y naill ffordd a'r llall yn rheolaidd.

"Dim byd ond chwadan," meddai wrtho'i hun. Pwy gyrhaeddodd yno'n fuan iawn wedyn ond Colwyn.

"Be sy'n bod?" gofynnodd.

"Chwadan," meddai'r hensiwr.

Edrychodd Colwyn arno'n anghrediniol.

"Hon'na," meddai'r hensiwr.

Aeth Colwyn ati a'i harchwilio'n ofalus. "Rhag ofn ei bod hi'n cario ffrwydryn," esboniodd i'r hensiwr ceg-agored.

Yn y cyfamser roedd Leibec wedi'i gwneud hi am ddrws cefn y faenor. Unwaith yn rhagor, pan oedd o fewn rhai llathenni o'r gwarchodwr oedd ar y drws, gollyngodd hwyaden i wadlan. Unwaith eto, pan glywodd y gwarchodwr sŵn neidiodd â'i wn yn barod i wynebu gelyn-ddyn. Pan welodd elyn-hwyaden ymlaciodd am hanner eiliad. Ond roedd hynny'n ddigon i Leibec. Daeth ei ran yntau yng ngweithgareddau'r noson i ben mewn cwsg tywyll. Cyfeiriodd Leibec yr hwyaden tua'r drws, ei agor, a'i gadael i mewn. Unwaith eto goleuodd un o sgriniau Vincent yn orffwyll. Unwaith eto, hwyaden oedd yno. Unwaith eto aeth un o henswyr Lwiji i'r drws cefn i gael golwg.

"Ai ymosodiad gan chwiaid sydd yma?" gofynnodd Vincent yn wawdlyd wrth neb yn arbennig, "ynteu ai chwadan ydi Leibec?"

"Chwadan," meddai'r hensiwr wrth Colwyn pan gyrhaeddodd hwnnw'r drws cefn. Unwaith eto fe'i harchwiliodd o hi am ffrwydryn. "Jest rhag ofn," meddai wrth yr hensiwr.

Yna taniodd nifer o glecars eto ar ochor dde'r tŷ a goleuwyd yr awyr gan oleuni tlws rocedi. "Gwaith da, Josephine," meddai Leibec wrtho'i hun. Tyrrodd gwarchodwyr Colwyn i'r cyfeiriad hwnnw a gwelodd Leibec hwy'n mynd. Aeth yntau at y drws ffrynt, a gollwng yr hwyaden olaf – gyda'r un canlyniadau ag o'r blaen. Pan oleuodd y rhybudd yn ystafell Vincent. "Chwadan arall – gwawdlyd orymdaith hwyaid," meddai wrth yr hensiwr olaf oedd yn yr ystafell gydag o, ac a oedd ar fin ei chychwyn hi am gyntedd y ffrynt. "Dydi hi ddim yn werth trafferthu efo hon," meddai Vincent. Gan ei fod yn arbenigwr, derbyniodd yr hensiwr ei farn yn ddigwestiwn. Ac yng nghysgod yr hwyaden hon, fel petai, y daeth Leibec i mewn i Villa Lwiji. Agorodd y drws cyntaf i ystafell lle'r oedd tri o warchodwyr Colwyn wrth y ffenestri yn rhythu i'r nos. Yna cymhellodd Leibec yr hwyaden i mewn drwy'r drws. Trodd y tri fel un â'u gynnau ar annel. Ymdeithiodd yr hwyaden i mewn gan ledu ei thraed-nofio ar y llawr pren sgleiniog a chwacian yn sorllyd. Unwaith yn rhagor, yn yr eiliad o ymlacio a ddaeth dros y tri o weld hwyaden, rhuthrodd Leibec i mewn a'u gwastatáu gyda thair ergyd garate gelfydd. Yna ffarweliodd â'r hwyaden a mynd drwy'r drws i goridor lle'r oedd grisiau llydan yn arwain i'r llawr cyntaf lle'r oedd ystafell Vincent a lle'r oedd ystafell Don Lwiji ei hun. Roedd Leibec ar gychwyn i fyny'r staer pan ymddangosodd chwech o warchodwyr Colwyn ar ben y grisiau. Byddai rhoi holl fanylion yr ysgarmes yn llethol iawn a braidd yn faith – er na pharhaodd yn hir iawn; digon yw dywedyd fod y bygylu wedi bod yn galed. Yn niwedd y gyflafan yr oedd dau o'r gwarchodwyr yn astudio patrwm y carped ar waelod y grisiau gyd diddordeb llonydd, dau wedi eu cael eu hunain mewn cypyrddau – heb agor eu drysau – a dau arall yn rhannu lle ym mreichiau bregus chandelier werthfawr.

Ciciodd Leibec ddrws ystafell Vincent yn dyllau rhwth cyn mynd i mewn. Roedd Vincent yn disgwyl amdano gyda gwn a stribedodd fwledi i'w gyfeiriad. Ond ymollyngodd Leibec i'r llawr a rowlio y tu ôl i gwpwrdd metel. Daliai'r bwledi i strymio wyneb y cwpwrdd gan greu arno batrymau nid anneniadol eu siâp. Ac yna pallodd y rhibedu: yr oedd Vincent wedi gwagio ei wn o fwledi. Fel y mae'n arferol mewn amgylchiadau o'r fath, taflodd y gwn i gyfeiriad y cwpwrdd metel, a chrafangio am wn arall. Ond ni fu'n ddigon buan. Rhuthrodd Leibec arno, ei godi nes y bu iddo daro ei ben yn y lamp a hongiai o'r to. Diwedd y cyfan oedd i Vincent ei gael ei hun yn syllu'n dawel, tuag allan, o'r tu mewn i un o'i fonitorau ei hun.

Erbyn hyn roedd rhai o henswyr Colwyn yn dechrau gwangalonni ac yn ei bachu hi o'r lle pan gaent hanner cyfle. Ond nid Colwyn. Pan aeth Leibec allan o ystafell Vincent pwy oedd yn sefyll ar y landing rhyngddo fo ac ystafell Don Lwiji ond Colwyn ei hun. Gwenodd yn fileinig ar Leibec, craciodd gymalau ei fysedd, a safodd yn ddisgwylgar am ruthr ei wrthwynebydd ar seintwar olaf ei gyflogwr.

"Rydw i wedi edrych ymlaen at hyn," sisialodd yn wenwynig trwy geg gaeëdig.

"Chlywais i ddim be ddwedaist ti," meddai Leibec.

Cythruddodd hyn Colwyn a llamodd fel teigr am Leibec. Symudodd hwnnw, a glaniodd Colwyn ar ei fol ar y landing. Neidiodd Leibec ar ei gefn a rhoi ergyd iddo yn ei aren dde. Ond nid Vincent oedd Colwyn. Cododd a bwrw Leibec oddi ar ei gefn nes bod hwnnw yn glewt ar y llawr. Yna, fel mellten, roedd Colwyn uwch ei ben yn ceisio sathru ei wyneb. Ond gafaelodd Leibec yn ei droed, a'i throi nes bod Colwyn yn disgyn wrth ei ochor. Mewn chwipyn roedd y ddau ar eu traed eto yn wynebu ei gilydd. "Fel y gweli di, dydi pawb ddim yn wth-drosodd," meddai Colwyn.

"Arbeda d'anadl y bythathgi," meddai Leibec.

Gan nad oedd Colwyn wedi clywed y gair 'bythathgi' o'r blaen fe oedodd am hanner eilaid i'w ystyried. Camgymeriad – terfynol fel yr oedd hi'n digwydd – oedd hynny. Fe'i cafodd ei hun yn hwylio allan trwy ffenestr gaeëdig i ddod i ben ei ehediad byrhoedlog yn y pwll addurniadol yn yr ardd. Ymgynullodd y tair hwyaden yno i gadw cwmni iddo.

Yn awr trodd Leibec at ystafell yr oedd ei drws yn enfawr. Agorodd ef yn eithriadol o ofalus. Yn eistedd wrth ei ddesg enfawr gwelodd Don Lwiji, ac Ernest Huws yn sefyll y tu ôl iddo. Ar ôl sicrhau nad oedd neb y tu ôl i'r drws aeth Leibec i mewn i'r ystafell gan anelu ei wn at y ddau.

"Don Lwiji, os nad ydw i'n camgymryd," meddai Leibec.

"Na Ernest Huws ydw i," meddai hwnnw.

"Doeddwn i ddim yn siarad efo chdi," meddai Leibec. Aeth rhagddo, "Dyma ben y daith, Don Lwiji," meddai.

"Dechrau'r daith trwy'r llysoedd rwyt ti'n ei feddwl," meddai Don Lwiji.

"O bosib," meddai Leibec, "ond y mae gen i yma dystiolaeth ddamniol yn dy erbyn di."

"Mae hyn'na'n amhosib," meddai Ernest Huws. "Peidiwch â gwrando arno fo, Don Lwiji, cymryd arno y mae o."

Yna ynganodd Leibec ddau air a gododd arswyd ar y ddau a oedd mor heriol o'i flaen, sef, "Treth incwm."

Wrth glywed y ddeuair yna teimlodd y ddau fod yn rhywle lenni'n cau a drysau'n clepian yn fetelaidd galed.

Gwnaeth Leibec i'r ddau ddihiryn gerdded allan o'r faenor o'i flaen ac yntau'n eu gwarchod â gwn. Wrth y giât ffrynt yn eu disgwyl yr oedd Josephine. Seiniai clychau ceir yr heddlu yn lled agos, a chyn bo hir roedd y lle'n troelli gan oleuadau glas. Yna cyrhaeddodd car y Maer. Wrth i'r plismyn roi eu dwylo ar bennau y drwgweithredwyr i'w gorfodi i seddau cefn eu ceir hwy, daeth y Maer at Leibec a dweud, "Fe fydd y ddinas hon yn ddyledus i chi tra byddwn ni. Y mae eich cyflog – sylweddol – yn ddiogel yn eich cyfrif mewn banc yn y Swistir."

Ar hyn closiodd Josephine at ei Harwr. Cusanodd yntau hi'n dyner, a gofynnodd iddi fod yn ddinesydd o Unol Daleithiau America.

10.

ATREBATES HUWS

Doedd Atrebates Huws ddim yn teimlo'n rhy ecstra. Wel, pwy fuasai efo enw fel'ma yntê? Ar ei dad, Hiwi ap Wmffra, yr oedd y bai. Roedd o'n offeiriad yn Llangelynnen, ac yn ddarllenwr mawr. Nid yn unig hynny, ond roedd o'n darllen Lladin fel y mae pobol gyffredin yn darllen y *Sun*. Un o'i hoff lyfrau, er pan oedd o'n gwneud ei TGAU, oedd llyfr Julius Caesar am wlad Gâl, llyfr lle y mae hwnnw'n brolio sut y dar'u o ennill y wlad oddi ar giang o Geltiaid hanner gwallgof. Un o'r giangiau hynny oedd yr Atrebates. Gan fod y meddyg lleol, y Dr Wili Ephraim, yn meddwl fod Hilda, gwraig Wmffra, yn disgwyl triawd, ac wedi dweud hynny wrth Wmffra fe aeth hwnnw ati i chwilio am enw lluosog o blith enwau yr hen Geltiaid. "Be well nag Atrebates?" gofynnodd iddo ei hun. Ac atebodd, "Dim gwell." Dyna benderfynu ar enw yn ddigon didrafferth. Ond roedd y Dr Ephraim wedi ei methu hi braidd; un babi ddaeth.

"'Swn i'n gallu taeru imi weld tri ar y sgam [*sic*]!" meddai, heb esbonio ei fod wedi bod ar y botel wisgi'n o drwm y noson cynt. Fe'i cafodd y Parchedig Hiwi ei hun mewn tipyn o benbleth: roedd ganddo enw, ac enw da iawn yn ei farn o, ond doedd ganddo fo a Hilda ddim lluosowgrwydd o fabis i gyd-fynd â'r enw.

"Be wna i?" gofynnodd Hiwi wrth Hilda.

"Galwa fo'n be lici di," meddai hithau, "cyn belled ag na elwi di mohono fo yn Sandra." ('Sandra' oedd yr enw roedd hi wedi'i ddewis cyn gwybod beth a ddeuai.)

"Atrebates amdani felly," meddai Hiwi.

"Huws," meddai Hilda, "dim o'r 'abs' yna i 'mhlentyn i."

"Ond Hilda . . ." dechreuodd Hiwi.

"Does dim 'ond' amdani, cariad," meddai Hilda. "Atrebates Huws ydi hwn." A chan droi at ei babi aeth ymlaen i ddweud, "A be mae siwgwr bach mam yn ei wneud rŵan?" – heb ddisgwyl ateb.

Ac felly y bu hi.

Yn yr ysgol bach 'fu hi ddim yn hawdd ar Atrebates. Roedd yna hogan gwallt coch yno, Cynthia Sikowski, oedd yn gwneud hwyl am ei ben. "Atrebates wirion," oedd ei chri feunyddiol, nes i Atrebates ei gwthio hi i'r afon (fas, diolch am hynny) oedd wrth ymyl yr ysgol. Fe dampiodd hynny gryn dipyn ar ei heiddgarwch. Ond wedyn cyrhaeddodd Standli, fel yr yngenid ei enw, yr ysgol. Gynted ag y cyrhaeddodd teimlodd ar ei galon i ddechrau crwsâd i wneud hwyl am ben Atrebates. Roedd ei dad yn hanner bardd a phorthai hwnnw ei epil gydag odliadau o sen, pethau fel:

"Ddaw 'na ddim lles
O Atre-bat-es."

"Ai o owtyr sbes
Y daeth Atre-bat-es?" a

"Sefa'n un rhes
Atre-bat-es."

Felly y bu hi hyd nes i Atrebates dywallt jygiad o gwstard lympiog a llugoer y cantîn ysgol am ben Standli un amser cinio. Rhedodd hwnnw adref yn felyn anffansïol i ddweud wrth ei dad, a oedd adref yn honni bod yn sâl ar y pryd. Daeth yr hanner bardd i'r ysgol a chwyno wrth y brifathrawes. Galwodd hithau Atrebates i gyfrif. Yr hyn a ddywedodd hwnnw oedd:

"Y mae afalau Bramli
Yn mynd yn dda iawn
Efo cwstard, Standli."

Holodd y brifathrawes am esboniad ar y prydyddu tila hwn, ac esboniodd Atrebates sut yr oedd o wedi gorfod dioddef prydyddiaeth ers i Standli ddod i'r ysgol.

"Pa fath o brydyddiaeth?" holodd y brifathrawes.

Dyfynnodd Atrebates:

"Ai o owter sbes
Y daeth Atre-bat-es?"

Mynegodd y brifathrawes, a oedd yn aelod o dîm Talwrn y Beirdd lleol, syndod a dywedodd, "Os wyt ti wedi gorfod dioddef y fath glytio geiriau tila â hyn'na Atrebates, mi wnest yn iawn efo'r mwlsyn."

Brifwyd tad Standli i'r byw, nid oherwydd i'w fab gael ei alw yn 'fwlsyn', ond gan y sylwadau am safon ei brydyddiaeth o. Cymaint oedd ei gynddaredd nes yr anghofiodd o mai Standli oedd i fod wedi cyfansoddi yr holl sen, a dywedodd, "Rydw i wedi cael cerddi i'r *Tyst* ddwywaith ichi gael dallt."

"Ydi Standli hefyd wedi cael cerddi i'r *Tyst*?" holodd y brifathrawes.

Yma yr aeth hi i'r potiau braidd ar dad Standli, a'r unig beth y gallai ei ddweud oedd, "Mae Standli ni'n mynd i'r ysgol Saesneg o hyn ymlaen, os mai dyma ydi safon addysg yn y siop siafins yma."

Gydag ymadawiad Standli fe gafodd Atrebates lonydd tra bu o yn yr ysgol bach.

Ar ôl iddo fynd i'r ysgol fawr y dechreuodd ei boenau unwaith eto. Roedd yno giang o Tu Hwnt i'r Afon, rhai efo enwau fel Dêf, a Rwdi, a Sylvester, a fynnai ddod ar ei ôl bob amser chwarae a phob amser cinio i'w dormentio.

"Lle cest ti'r enw 'na – yn dymp?"

"Sa gen i enw fel'na 'swn i'n emigrêtio."

"Ti isio whilbaro i gario enw fel'na."

Ar ôl pythefnos o hyn penderfynodd Atrebates ei fod wedi cael digon. "Digon ydi digon," meddai wrtho ei hun, "ond sut yn y byd y medra i setlo'r rhain?" Bu'n meddwl am hir, hir. Yna cofiodd am y ffilm *Karate Kid*. "Roedd o'n cael ei fwlio fel fi," meddai wrtho'i hun. Yna dechreuodd olchi car ei dad bob yn ail ddydd – er mawr syndod i hwnnw, a dechreuodd beintio ffensys yr ardal. Yn hyn o beth dilynai esiampl y Karate Kid – ymarferion oedd y rhain i'w gryfhau ei hun, a rhwyddhau symudiadau karateyddol.

Roedd o wrthi'n peintio ffens lle Tjeinîs un diwrnod pan ddaeth Iacomoto Swgiyama allan a dweud, "Wyt ti eisio bod yn Karate Kid Dau?"

"Dyna be ydw i eisio bod," atebodd Atrebates.

"Mi ddangosa i iti sut," meddai Iacomoto Swgiyama.

Ac fe wnaeth. Hyd yn oed ar ôl pum wythnos roedd Atrebates yn dangos fod ganddo ddawn naturiol at Garate. Cyn pen fawr o dro, hawsaf peth ganddo oedd dyrnu twll mewn ffensys coed, malu brics, neu gicio fel mul.

"Dim gwylltio, cofia."

"Dim ymosod ar neb; ymateb yn unig."

"Dim cymryd mantais ar neb."

"Dim gwneud dim os nad oes rhaid."

"Achub cam y gwan yn unig cofia."

"Amynedd."

"Tangnefedd."

"Cariad brawdol."

Dyma oedd gorchmynion Iacomoto Swgiyama iddo drosodd a throsodd.

"Ond beth am y rheini sy'n gwneud hwyl am fy mhen i am mai Atrebates ydi f'enw i?" gofynnodd Atrebates un diwrnod.

"Cicia eu tinau drewllyd nhw," meddai Iacomoto Swgiyama.

Amser chwarae oedd hi, ac Atrebates a'i ffrind Edward yn croesi cae'r ysgol. Pwy ymddangosodd o gyfeiriad y tai bach ond Triawd y Bont, neb llai na Dêf, Rwdi a Sylvester. "A be mae Aspidastra'n ei wneud heddiw?" gofynnodd Dêf.

"Sa hi ddim yn well gen ti gael dy alw yn Huws?" gofynnodd Rwdi.

"Misdyr Huws ella!" meddai Sylvester.

Y mae'n rhaid fod hyn yn ddigrif iawn achos fe ddechreuodd y tri chwerthin yn llon.

"Ydi hyn'na i fod yn ddigri, Rwdan?" gofynnodd Atrebates.

Dechreuodd Edward bryderu braidd fod Atrebates wedi mynd yn rhy bell efo'r Triawd, ac fe'i gwelai ei hun yn cael stîd go eger i ganlyn ei ffrind. Doedd Rwdi ddim yn gwybod o gwbwl beth oedd 'rwdan'. Wrth weld anwybodaeth yn ei lygaid ychwanegodd Atrebates, "Enw arall ar 'swejan' ydi 'rwdan'."

"Rydym ni'n gwybod hynny," meddai Sylvester, yn gelwyddog, "dydym ni ddim yn dwp 'sti."

Edrychodd ar Dêf, arweinydd y giang, ac ychwanegu, "Yn nac ydym?"

"Dydym ni ddim yn dwp o gwbwl," meddai hwnnw. "Ac y mae unrhyw un sy'n ein galw ni'n dwp yn gofyn amdani hi."

"A phwy ydi'r 'hi' yma?" gofynnodd Atrebates. "Nid Sylvia ia. A sut y mae Sylvia?"

Sylvia oedd 'sbesial gŷl' Dêf.

Dynesodd Dêf at Atrebates, a dyna'r peth olaf a gofiai am y bore hwnnw. Deffrôdd ar ben un o'r coed rhododendron, a dyfai ar fryncyn ar ochor cae'r ysgol, orig neu ddwy yn ddiweddarach. A rhag iddo deimlo'n unig yno fe sodrodd Atrebates Rwdi a Sylveter yn yr un goeden i gadw cwmni iddo fo.

Roedd Edward wedi ei syfrdanu, "Sut y gwnest ti hyn'na?" gofynnodd i Atrebates.

"Mae'n hawdd os wyt ti'n gwybod sut," oedd ateb ei gyfaill.

Fe gafodd Atrebates lonydd, a llonydd tra pharchus at hynny, gan bawb o hyn ymlaen. Yn wir, tueddai y Triawd i ymgreinio iddo a mynegi eu parodrwydd i ymgymryd ag unrhyw dasgau iselwael ar ei ran.

Felly, er gwaethaf ei enw, roedd Atrebates wedi llwyddo i dynnu drwyddi yn rhyfeddol, ac ystyried popeth. Ond pan oedd o'n bymtheg oed fe sylweddolodd nad oedd Penelope Mair, a oedd wedi bod yn yr un dosbarth ag o, o'r ysgol bach ymlaen, ddim yn hollol yr un eneth rŵan ag oedd hi pan welodd hi gyntaf erioed. Yr hyn oedd wedi digwydd iddo fo, ac iddi hi, oedd eu bod nhw, i raddau sylweddol, wedi tyfu i fyny. Câi hyd yn oed Garate Kid Cymru drafferth rŵan i gadw ei hormonau rhag cangarŵio o gwmpas ei gorff pan fyddai o fewn ychydig fetrau i Penelope Mair: hynny ydi, roedd o'n cael trafferth gynddeiriog i gadw ei 'cŵl'. Nid yn unig hynny, ond dywedwch ei fod o'n chwarae pêl-droed i'w Dŷ ar ôl amser ysgol a'i fod yn gweld Penelope Mair efo'i ffrindiau yn gwylio'r gêm, ysbrydolai hynny o i daclo'n gryfach, rhedeg yn gyflymach, a chicio'n galetach. Wedyn, dywedwch ei fod o'n ei gweld hi ar ochor y pwll nofio ac yntau yn y dŵr, fe âi ati i wneud y pili-pala, y strôc anhawsaf, ar hyd y pwll ddwywaith; nofiai hyd y pwll o dan y dŵr; ac âi i ddeifio o ben y bord uchaf. Ond, nid ymddangosai Penelope Mair fel pe bai hyn yn cael dim effaith arni. Yn wir, roedd hi'n dangos gormod o ddiddordeb yn David Washington Jones, disgybl a oedd newydd ddod i'r ysgol o Gaerdydd, ac un yr ystyriai Atrebates ei fod o'n bwdryn o'r radd flaenaf. Meddyliai Atrebates yn feunyddiol sut yn y byd y gallai Penelope Mair mo'i weld o, a rhoi sylw iddo fo, yn hytrach na'r crys yna, David Washington Jones. Ac fe ddechreuodd boeni a mynd braidd yn flin efo pawb adref, a hyd yn oed efo'i ffrind pennaf, Edward, ar brydiau. Dyna pryd y dechreuodd o deimlo nad oedd o ddim yn ecstra. Pwy 'allai deimlo'n iawn a Phenelope Mair mor ddi-hid?

Gallai bywyd fod wedi mynd yn ei flaen yn ddiflas fel hyn, ond un diwrnod roedd Atrebates ac Edward yn aros mewn ciw i fynd i weld y ffilm ddiweddaraf o Hollywood, un efo hyd yn oed fwy o falu, mwy o geir yn rasio'i gilydd ar hyd strydoedd San Francisco, hyd yn oed fwy o bobol yn cael eu chwythu'n racs, a mwy o olygfeydd o gnuchio rhyferig a threisio na'r un a fu o'i blaen. Pwy a ddaeth heibio ond Penelope Mair a Roberta ei ffrind. Ac er dirfawr lawenydd i Atrebates dyma nhw'n stopio wrth eu hymylau nhw. Dyma ryw fôi oedd y tu ôl iddyn nhw yn y ciw yn dweud wrth y ddwy ohonyn nhw, "Mae fan hyn 'run fath â Tesco, wy'ch chi – mae pawb sy'n ymuno â'r ciw yn mynd i'r cefn."

Dyma Penelope Mair yn sibrwd yn sydyn yng nghlust Atrebates – a dyna oedd un o brofiadau mwyaf ei fywyd tan hynny, "Mi wna i brynu *coke* iti os gadewi di inni ddod i mewn efo chi."

Trodd Atrebates at y bôi oedd y tu ôl a dweud, "Rydym ni wedi cadw lle i'r ddwy yma."

"Wedi bod yn y tŷ bach yr ydym ni," meddai Penelope Mair.

A oedd hyd yn oed Penelope Mair yn mynd i'r tŷ bach oedd y teimlad a aeth, yn afresymol iawn, trwy feddwl Atrebates. Yna fe'i cafodd ei hun yn dweud wrth y bôi, "Ydyn, mêt, mae'n rhaid i bawb fynd i fan'no."

Cytunodd y bôi fod hynny'n rheswm digon cymeradwy, ac ychwanegu, "Mi fydda i'n mynd yno fy hun pan fedra i." Roedd ar fin dechrau sôn am y cyfnodau rhwym a fu yn ei fywyd pan ddechreuodd y ciw symud yn ei flaen, ac arbed pawb rhag manylion y gellid gwneud hebddynt.

Wedi mynd i mewn a phrynu tocynnau aeth Penelope Mair a Roberta at y cownter da-da a diod. "Pedwar can o *goke* plîs," meddai Penelope Mair. A'r geiriau yna oedd y rhai a agorodd ddrysau ym mywyd Atrebates – ac Edward o ran hynny. Yna aeth y pedwar i mewn i fwynhau'r gyflafan ddiweddaraf.

Dyma sut y daeth Atrebates yn ei ôl i'w lawn iechyd a'i iawn hwyliau. Bu o a Phenelope Mair yn gweld llawer o luniau efo'i gilydd ar ôl hynny. Deallodd Atrebates mai ei chefnder oedd David Washington Jones, ac o hynny ymlaen dechreuodd feddwl amdano fel llai o bwdryn a llai o grys. Does dim ond un peth arall i'w grybwyll, sef na welodd Atrebates Penelope Mair yn agor ei hambag i brynu dim byd ar ôl iddi brynu y *coke* cyntaf hwnnw; ond doedd o'n malio dim iot am hynny.

11.

FFRANCENSTEIN TALIESIN IFAS

Pan ofynnwyd i Ffrancenstein Taliesin Ifas nodi enwau ei dad a'i fam ar ffurflen yn y Lle-Dôl dywedodd nad oedd yn bosib iddo wneud hynny.

"Dyma'r lle," meddai'r Ddynes-Lle-Dôl. "Sbiwch," meddai wedyn yn nawddoglyd, a chyfeirio bys hir efo ewin coch bygythiol arno at y ddwy linell briodol ar y ffurflen, "ENW TAD. ENW MAM. Fan'na," meddai, "dwi'n siŵr y medrwch chi fanejio."

Wrth wneud hyn daliodd ei llygad ar y geiriau a ysgrifennwyd dan ENW ar y ffurflen: 'Ffrancenstein Taliesin Ifas'.

"Dyna ydi'ch enw chi!" meddai.

"Rhywbeth o'i le efo fo?" gofynnodd Ffrancenstein.

"Na dim byd o'i le," meddai hi, "ond . . ." Ffislodd diwedd ei sylw i ddistawrwydd.

"Ond be?" gofynnodd Ffrancenstein.

"Ond ei fod o'n enw dipyn bach yn . . . yn . . . sut dweda i . . . anarferol?"

"Faint o Mozarts neu Beethovens welsoch chi yma?" gofynnodd Ffrancenstein.

"Dim un," meddai'r ddynes yn bendant.

"Fe allech chi ddweud ei bod hi'n arferol ichi beidio â chael enwau anarferol yn y lle 'ma felly," meddai Ffrancenstein.

Yn rhywle ar y truth trofaus hwn collodd y ddynes y penllinyn, a throdd i ddweud wrth ddyn main, cyfagos, a atgoffai Ffrancenstein o greyr glas, nad oedd ei apêl 'wedi cael ei phrosesu eto'.

ENW TAD: 'Anhysbys'; ENW MAM: 'Anhysbys': ysgrifennodd Ffrancenstein ar y ffurflen. Mewn gwirionedd, gallai fod wedi ysgrifennu cant saith deg chwech o enwau ar gyfer adran cofnodi ei ymgnawdoliad, oherwydd – fel 'Border Bach' Crwys – dipyn bach o hwn a'r llall oedd o, mewn gwirionedd, wedi ei gosmetig-wnïo a'i blastig-drin a'i gymysgu yn undod diledryw gan y Dr Myrddin Arthur Dogg. Yr oedd hwnnw – trwy ddulliau rhy gyfrin i ddealltwriaeth feidrol – wedi llwyddo hefyd i godi i gyfansoddiad ei greadigaeth rai pobol a grewyd gan rai awduron a rhai sgriptwyr. Roedd Dogg yn un a wyddai fod y weithred dywyll o greu yn dibynnu ar ddod ag agweddau o'r bydysawd ynghyd fel bod yna lifeiriant o wahaniadau a gwahaniaethau o gelloedd a meinweoedd; gwyddai fod yn rhaid cynhyrfu elfennau o wybodaeth gynhwynol ac atal elfennau eraill; a gwyddai fod yn rhaid trafod biliynau o ddechreuadau celloedd, eu terfyniadau, eu cyraeddiadau a'u hymadawiadau. Roedd hyn i gyd yn y gwead y cynhysgaeddodd ei greadigaeth gorfforol ag o. Efô a alwodd ei greadigaeth yn Ffrancenstein (ar ôl y Barwn dychmygol o grëwr), a Thaliesin (ar ôl y bod rhyfeddol o lenyddiaeth y Cymry y dysgodd amdano gan ei nain), ac Ifas (o barch i gyfenw morwynol y nain honno).

Wrth weld y ddau 'Anhysbys' – er bod fflach sydyn o eiriau Oscar Wilde wedi gwibio trwy ei hymennydd am flerwch colli dau riant – meddalodd y Ddynes-Lle-Dôl canys yr oedd, ei hun, yn blentyn un rhiant, a dywedodd, "Ddrwg gen i, del. Brysiwch yma eto." A ffeiliodd ei ffurflen mewn bocs carbord melyn.

Aeth Ffrancenstein allan o swyddfa'r Lle-Dôl a dechrau dadrwymo'r cwlwm yn y cortyn oedd yn dal ei gi, Peresfon, wrth y beipen a ddeuai i lawr o'r lander. Roedd gan y ci enw Rwsiaidd am mai bleiddgi Rwsiaidd oedd o. Roedd o'n gi mawr o ran taldra, yn fain, a gwinau efo clytiau o wyn ynddo, gyda wyneb hirfain, myfyrgar. Edrychai fel athronydd go besimistaidd wedi'i droi yn gi.

"Tyrd rŵan yr hen greadur," meddai Ffrancenstein.

Er mai ci ydoedd, deallai Peresfon Gymraeg yn iawn, er mai newydd-ddyfodiad oedd o – yn hyn o beth yr oedd o'n wahanol iawn i garfanau fyrdd o hen-ddyfodiaid o bobol i'r rhan o Gymru lle'r oedd Ffrancenstein yn byw. "Mi awn ni heibio siop y bwtjiar," meddai Ffrancenstein. Ar hyn fe ddaeth rhywbeth tebyg i lewyrch o lawenydd i lygaid prudd Peresfon. "Ac wedyn mi awn ni am adre," ychwanegodd ei feistr.

Ar ôl cyrraedd adref, sef tyddyn mynyddig wrth ymyl dwy nant, lle o'r enw 'Drylliau', aeth Ffrancenstein at y piano a chwarae rhai hen alawon prudd iawn, megis 'Dafydd y Garreg Wen', 'Myfanwy', neu 'Beth sydd imi yn y byd?/Gorthrymderau mawr o hyd . . .'. Y stwff yma oedd hoff alawon a chaneuon Peresfon. Eisteddai wrth ochor ei feistr gan udo i'w gyfeiliant meistraidd o – dwylo Liszt oedd gan Ffrancenstein rydych chi'n gweld. A chyn pen dim roedd hi'n amser swper.

Wedi gosod y bwrdd: "Plât i mi, plât i ti. Cwpan i mi, soser i ti. Cyllell a fforc i mi, dim byd i ti," fel y dywedai Ffrancenstein, gyda chysondeb a oedd, mewn gwirionedd, yn syrffed a diflastod i Peresfon, ond fod hwnnw'n ormod o gi bonheddig i yngan unrhyw ebychiad. Wrth gwrs, yr oedd rheswm syml iawn am yr ailadrodd hwn – yr oedd yna werthwr nodwyddau-gramoffon-oedd-yn-sticio rywle yng nghyfansoddiad Ffrancenstein. Am ryw reswm, nad oedd yn syml o gwbwl, ar adeg hel swper y byddai hwnnw'n rhyw hanner-dyrchafu i ymwybod Ffrancenstein.

"Tjiopan i mi (wedi'i rhostio'n dyner), a tjiopan i ti (amrwd)," meddai Ffrancenstein wrth daro darnau o gig ar y platiau. "Fi yn eistedd wrth y bwrdd, tithau'n eistedd wrth y bwrdd," meddai gan gymryd ei le. Cymerodd Peresfon yntau ei le. Ac yna bu tawelwch o ryw fath, a dorrid yn unig gan sŵn tyner crensian esgyrn. Wedyn, meddai Ffrancenstein, "Pwdin i mi, dim pwdin i ti." Yma fe'i hesgusodai Peresfon ei hun a mynd i orwedd ar y mat ar yr aelwyd. Anaml y byddai Ffrancenstein yn cynnau tân: roedd o'n greadur tra gwresog –

fel y dylai fod efo dau Esgimô yn ei gyfansoddiad. Ci y Stepiau maith a'r gaeafau llym oedd Peresfon, ac anaml y teimlai yntau unrhyw oerfel. Fe'i gosododd ei hun i lawr, a gwelodd ei gymrawd yn tywallt cwstard melyn dros darten fwyar duon borffor, a theimlodd ei stumog yn troi. Caeodd ei lygaid a meddwl am Dostoiefsci, Pwshcin, Lenin, a mawrion o'r fath.

Ar ôl swper, roedd hi'n digwydd weithiau fod Ffrancenstein yn mynd allan am sbel. Roedd Peresfon yn gyfarwydd iawn â'r absenoldebau hyn, ac ni themtiwyd ef i ymholi nac ymchwilio ymhellach – dyna arwydd arall o'i foneddigeiddrwydd. Ni chaniatâ lledneisrwydd i ninnau fanylu am yr absenoldebau hyn ychwaith; digon yw nodi fod rhyw ddirgel ddarn o Giacomo Casanova wedi ffeindio'u ffordd i sbriwsio anatomi Ffrancenstein Taliesin Ifas, a bod hwnnw, yn ei dro, yn ymddyrchafu ac yn meddiannu ei ymwybod. Ar yr achlysuron hynny, pan âi allan gyda'r nosau, dychwelai Ffrancenstein yn gyson, fel y sylwodd Peresfon, yn anarferol o fodlon a da ei dymer.

* * *

Codai y ddau gydymaith yn weddol gynnar, ac ar ôl brecwast byddai Ffrancenstein yn mynd ati i ysgrifennu tra byddai Peresfon yn cael golwg, ar y slei, ar y papur newydd. Deuai hyrddiau ysgrifennu dros Ffrancenstein yn weddol gyson. A pha ryfedd? Onid oedd dau neu dri o hen ddiwinyddion, rhai emynwyr, dyrnaid o nofelwyr, un athronydd, a saith bardd ynddo yn beunyddiol ymgiprys am ei ymwybod? Y bore arbennig hwn daeth y cryfaf un o blith ei lu o fewnfodolwyr, a'r amlaf un i ymweld ag o, i'w feddiannu, a dechreuodd lafarganu tra roedd o wrthi'n ysgrifennu:

> Nid o fam, nid o dad y deuthum i'r cread.
> A'm creodd i, fe'm creodd o amryw ddefnyddiau,
> Rhoes ynof fi olau o dân yr wybrennau,
> Rhoes ynof fi gyhyr awelon yr awyr,

Rhoes ynof fi rymoedd symudiad llifddyfroedd,
Myfi yn gysefin a elwid Taliesin.
Rhoes ynof fi ddarpar dihysbydd y ddaear.
Myfi yn gysefin a elwid Taliesin.

Sawl gwaith yr oedd y geiriau hyn wedi eu tynnu o Ffrancenstein Taliesin, gan ei adael yn llawn o weledigaethau o gynfyd Celtaidd a hen iawn!

"Myfi yn gysefin a elwid Taliesin.
Myfi yn gysefin a elwid Taliesin."

"Yr hen gono eto fyth!" meddai Peresfon wrtho'i hun wrth glywed ei feistr yn datgan ac ail-ddatgan y llinell gynefin am Taliesin, ac wrth ei weld mewn rhyw lun o berlewyg yn ei siglo ei hun i rythm y dweud. Yr oedd hir arfer wedi dysgu iddo mai'r unig beth i'w wneud oedd mynd y tu cefn i gadair ei feistr, ei godi ei hun ar ei ddau droed ôl a rhoi ei ddwy bawen flaen ar ei ysgwyddau a chyfarth i'w glustiau. Dadebrai Ffrancenstein yn ebrwydd gan fyngial, "Taliesin eto."

"Taliesin eto," cyfarthai Peresfon.

"Bydd yn rhaid i ni fynd allan am dro bach i liniaru'r hen frawd," meddai Ffrancenstein.

"Wyff," cytunai Peresfon. Ac allan â nhw.

* * *

Wedi dychwelyd, dechreuodd Ffrancenstein hwylio cinio. Roedd o wrthi'n myfyrio uwchben sosban pan glywodd guro ar y drws ffrynt. Wedi ei agor, ochneidiodd – pwy oedd yno ond 'Selwyn y Mormon', fel yr adwaenid o, efo pamffled yn ei law. Roedd Selwyn yn greadur digon hoffus, ond yr oedd yn dipyn o boendod i amryw ers ei droëdigaeth i fod yn Formon.

"Yli, Selwyn, rydw i wedi dweud a dweud wrthyt ti na alla i ddim derbyn yr hyn rwyt ti'n ei gynnig," meddai Ffrancenstein.

"Mae eisio meddwl agored," meddai Selwyn, "mi ddylet ti ddarllen hwn," a daliodd bamffled o dan ei drwyn.

"Rwyt ti wedi gadael hwn'na yma'r wythnos diwetha," meddai Ffrancenstein.

"Efallai, ond a wyt ti wedi ei ddarllen o ydi'r cwestiwn?" meddai Selwyn.

"Mae gen i fy nghredoau fy hun," meddai Ffrancenstein, "Dydw i ddim yn ceisio gwthio'r rheini arnat ti."

"Does gen ti ddim sêl," meddai Selwyn.

Wrth glywed hyn dyma hen ddiwinydd yng nghyfansoddiad Ffrancenstein yn cyffroi, a dyma yntau'n dechrau llefaru wrth Selwyn:

> "Na fydd golledig, ond cadwedig. Gwylia, gwylia, canys ni wyddost na'r awr na'r amserau y daw dy rawd i ben. Y colledig a fwrir i'r pwll heb waelod, ac yno y bydd cwynfan, ac ni fydd yno dosturi. Yno y bydd wylo di-baid rhag angerdd y tân dychrynllyd, ac yno y bydd rhincian dannedd. Mangre pob cyfyngder yw Uffern, lle tywyll, ac archwa y pydredd yno yn wastad yn ffroenau'r eneidiau colledig sydd yno, yn y tân tywyll, yn udo hyd eithaf amser. Carchar ydyw sy'n llawn mwg pyglyd o ffwrneisi tragwyddol, cartref cythreuliaid ac ymlusgiaid a dioddefaint. Yno y mae'r damniedig yn hunfeydd yn eu carchar enbyd – lle y dywedir fod y waliau yn bedair mil o filltiroedd o drwch – ac y maent yno mor analluog fel, megis y dywed y gwynfydedig Sant Anselm yn ei lyfr o Gyffelybiaethau, na allant hyd yn oed dynnu o'u llygadau y pryfed sydd yno'n cnoi ac yn difa."

Yna, gan edrych ar Selwyn druan, dywedodd:

> "Yno y caiff dy lygaid serchogaidd eu cystuddio wrth edrych ar ysbrydion erchyll; caiff dy glustiau moethusglyw eu dychryn gan oernadu cythreuliaid melltigaid yn oernadu; dy drwyn meindlws a gaiff ei lenwi â drygsawr brwmstan drewedig; dy arch-

waeth gymen a boenir â newyn anguriol; dy geg feddw a sych gan syched anniffoddadwy; dy feddwl a gystuddir gan gofion eirias am dy ddifyrrwch mewn byd o amser, yr hwn a ddiflanna fel y bydd yn blodeuo. Byddi di yn colli – A! mor ynfyd – y llawenydd nefol, a rhusio yn wysg dy ben i boenau tragwyddol."

Erbyn hyn roedd ceg Selwyn wedi agor fel hopran, a'i bamffled yn hongian yn llipa yn ei law. Wrth weld y Mormon yn gwywo'n weladwy o'i flaen dechreuodd Ffrancenstein ddadebru, a dod yn raddol ato'i hun.

"Gymeri di baned, Selwyn?" gofynnodd.

Cymerodd beth amser i'r Selwyn cegrwth oedd yno ddeall beth oedd yn cael ei ddweud, "Ddim . . . ddim diolch," meddai gan ryw hanner llowcio ei eiriau a sbio ar Ffrancenstein fel pe bai'n ymwelydd o ddimensiwn arall. A chan fynd yn wysg ei gefn am y giât, ychwanegodd, "Dim ond coffi . . . fydda i . . . yn ei yfed." Cyn i Ffrancenstein gael cyfle i gynnig coffi iddo roedd yn llamu fel ysgyfarnog i fyny'r allt a'i bamffledi yn chwalu dros yr ardal. Aeth Ffrancenstein yn ei ôl i'r tŷ, at ei sosban, yn teimlo fod Selwyn yn dechrau colli arni. Roedd Peresfon yn falch fod hyn wedi digwydd oherwydd os âi hi'n ddadlau rhwng ei feistr a Selwyn, fel yr oedd hi wedi mynd ar dro yn y gorffennol, fe allai fod wedi dweud 'ffarwél' wrth ei ginio.

* * *

Ar ôl cinio eisteddodd Ffrancenstein wrth y ffenest i ddarllen, a gorweddodd Peresfon ar ei hoff fat. Pan sylweddolodd o beth yr oedd ei feistr yn ei ddarllen, sef *Ugain Mil o Filltiroedd dan y Don,* dechreuodd obeithio na fyddai hyn yn arwain ei feistr i faes llenyddiaeth wyddonias, math o lenyddiaeth a oedd, yn ei farn o, yn ddiamheuol israddol. "Nid Jules Verne, gobeithio," meddai wrtho'i hun. Nid Jules Verne a ddaeth yno, ond nofelydd o Wyddel. Unwaith yr oedd ei feistr wedi dechrau sgriblo bwriodd Peresfon olwg ar y frawddeg gyntaf:

> O dan lifeiriant y llanw gwelai'r gwymon yn ystwyrian yn dyner a'i eddi anfodlon yn codi a gostwng ym murmur y dyfroedd addfwyn.

O'i gweld aeth i orwedd eto, yn fodlon; dyma un o'i hoff awduron.

> Ddydd ar ôl dydd; nos ar ôl nos: yn cael ei ddyrchafu yn y llifeiriant, cael ei ollwng. Mor lluddedig. Wrth iddo sefyll yno gwyddai fod hyn oll yn hen: ochneidio dyfroedd, ochneidio dail, i gyd yn disgwyl, yn disgwyl anterth eu hamserau. Yn cael eu crynhoi i ddim pwrpas, yn ymollwng, yn dychwelyd: nyddu gwelw y lloer. Lluddedig, lluddedig . . .

Roedd Ffrancenstein yn dechrau mwynhau hyn pan ddechreuodd geiriau eraill dorri i mewn i'w fyfyrdod, ac yna gryfhau nes ei drechu:

> Aeth tyrau Nannau – gwae ni! –
> Yn lân i'r cŵn eleni . . .

Gydag ymdrech Herciwleaidd rhoddodd Ffrancenstein ei feiro i lawr, a dweud yn uchel, "Na na na na na! Rydw i wedi cael digon ar hyn – y pytiau yma, pytiau o hyd, a dim byd cyfa'. Dyna ddigon. Dim mwy o hyn. Cyfanweithiau neu ddim!" Cododd Peresfon ei ben o'r papur wrth glywed y cythrwfwl, a meddyliodd, "Doedd Tolstoi ddim fel hyn." Ar hyn hyrddiodd Ffrancenstein ei feiro, fel yr hyrddiodd Luther gynt ei inc, yn erbyn y pared ac ailadroddodd y geiriau, "Cyfanweithiau neu ddim."

* * *

Yr oedd Ffrancenstein ar fin mynd allan trwy'r drws cefn pan ddaeth cnoc ar y drws ffrynt. Pe bai o gwmpas ei bethau fe fyddai wedi gweld rhybudd o ryw ddyfodiad ym Mheresfon, a oedd wedi codi ei ben ers tro bach.

"Pwy gythraul sy na rŵan!" ebychodd Ffrancenstein, gan wneud ei ffordd at y drws ffrynt. Yr Heddwas Wmffras oedd yno, chwe throedfedd o daldra, a phedair o led, yn cuddio'r haul wrth i Ffrancenstein agor y drws.

"Bore da, Musdyr Ifas," meddai Wmffras.

"Bore da," meddai Ffrancenstein.

"Rhyw feddwl o'n i a ddar'u chi ddigwydd gweld Isidore Francis yn cael ei lofruddio ryw ben yn ystod y nos." Nid oedd Ffrancenstein yn siŵr ai cwestiwn oedd y geiriau hyn neu beth.

"Y bôi 'na sy'n llenwi Cae Top efo teiars a 'nialwch ydych chi'n feddwl?" gofynnodd.

"Isidore o Sea Villa, y feri dyn," meddai Wmffras.

"Naddo. Gym'rwch chi banad?"

"Wêêl, os ydych chi'n . . ." Roedd hi'n amlwg i Ffrancenstein fod Wmffras yn teimlo'i fod o wedi dweud digon i rywun ddehongli ei ddymuniad. Dilynodd Ffrancenstein i'r tŷ gan wneud y lle'n syndod o gyfyng.

"Te 'ta coffi?" gofynnodd Ffrancenstein.

"Prun bynnag sy hawsa, ond te ydi'r gora gen . . ." Unwaith eto ni orffennodd ei frawddeg. Tra roedd Ffrancenstein wrthi'n gwneud te, llenwodd Wmffras y gadair freichiau ar yr aelwyd, a bu'n gwneud ei orau i fod yn glên efo Peresfon tra roedd yn disgwyl am ei de. Syllai Peresfon arno gan feddwl na welodd ddim byd, ar siâp dyn, mor enfawr ers iddo fod yn syllu ar ambell ddelw o Lenin.

Derbyniodd Wmffras y baned mewn palf aruthr, ac estynnodd am gwpwl o'r bisgedi tjioclet-un-ochor a gynigiwyd iddo. "Fy hoff fisgedi," meddai "tjioclet tywyll. Tjioclet gola: da i ddim."

Eisteddodd Ffrancenstein mewn cadair wrth y bwrdd efo'i baned ei hun.

"Llofruddiaeth!" meddai Wmffras. "Wedi mynd yn beth rhy gyffredin y dyddia yma, Musdyr Ifas. Dim gwahardd ar bobol. Pawb yn gwneud fel fyd fyw fynnon nhw. Eisio rhoi'r bygyrs – begio'ch pardwn – yn y fyddin sy; fan'no mae'u lle nhw."

Cytunodd Ffrancenstein, gan ychwanegu at y fformiwlâu, "Diffyg disgyblaeth yn y cartre, diffyg disgyblaeth mewn ysgolion, dyna ydi'r drwg."

"Mae eisio cicio'u tinau nhw Musdyr Ifas, ond 'fiw ichi sbio'n gam ar y by- bechgyn a'r genod y dyddia yma."

"Lle 'lladdwyd yr Isidore 'ma?" gofynnodd Ffrancenstein.

"Ddim yn ei nabod o'n dda?" gofynnodd Wmffras.

"Ei weld o ar hyd y lle 'ma, 'chi."

"Yn ei deiars," meddai Wmffras.

Ni ddeallodd Ffrancenstein ar ei union.

"Y lladdwyd o," meddai Wmffras.

"Yn ei deiars?"

"Fel Michelin, y dyn teiars, y tu mewn iddyn nhw," esboniodd Wmffras. Llygadodd y plât bisgedi.

"Bisgedan arall?" cynigiodd Ffrancenstein.

"Ffeind iawn," meddai Wmffras a'i law fel rhaw jac-codi-baw yn cau ac yn codi'r gweddill o'r bisgedi oddi ar y plât.

"Wedi ei roi o yn ei deiars mi 'gollyngodd rhywun o o ben y Cae Top yna i rowlio i'r wal garreg yna wrth y lôn bost. I'r pant y rhed y gŵr, wyddoch chi. Marwolaeth ddisyfyd," meddai Wmffras.

"Ond nid un ddisymud . . ." Rhoddodd Ffrancenstein y gorau i'w sylw.

"Ynghanol bywyd . . ." meddai Wmffras.

Aeth y geiriau, "Ynghanol teiars," trwy feddwl Ffrancenstein ond ni ddywedodd ddim.

"Paned arall?" gofynnodd Ffrancenstein.

"Wel os oes yna un yn y tebot," meddai Wmffras, gan estyn ei gwpan a edrychai mor eiddil yn ei balfau.

"Dim syniad pryd y digwyddodd hyn?" gofynnodd Ffrancenstein.

"Chwilio am dystiolaeth yr ydw i rŵan," meddai Wmffras. "Chlywsoch chi ddim byd m'wn."

"Dim byd," meddai Ffrancenstein. Yma cafodd deimlad rhyfedd iawn, fel pe bai rhyw elfen o Sherlock Holmes yn ymystwyrian yn ei grombil ac fe'i cafodd ei hun yn dweud yn uchel, "Dwedwch i mi, Watson . . ."

"Watson!" ebychodd Wmffras ac, ar ôl saib fer, ychwanegodd, "Elfennol hollol, Sherlock bach." Yna ychwnegodd eto, gyda hanner gwên, "Rhaid i rywun gael pinsied o hiwmor yn yr hen fyd yma'n rhaid Musdyr Ifas."

"Wn i ddim be wnaeth imi feddwl am Watson rŵan," meddai Ffrancenstein, er ei fod o'n gwybod o'r gorau pam.

"Mae pawb yn meddwl fod datrys dirgelwch mor hawdd ag y mae o mewn ffilmiau, neu raglenni teledu," meddai Wmffras, "ond coeliwch fi, Musdyr Ifas bach, trampio fel hyn – gan amlaf yn ofer – o dŷ i dŷ ydi gwaith datrys dirgelwch."

"Mi geisia i roi pob help ichi Musdyr Wmffras," meddai Ffrancenstein.

"Chi a'r Hownd of Ddy Bascerfuls yma ie?" Chwarddodd Wmffras nes bod ei gadair yn gwegian. "Ond o ddifrif," meddai, "cadwch eich llygaid a'ch clustiau'n agored. A byddwch yn ofalus." Yna gwenodd eto a dweud, "Ac fe fydd y ffôrs efo chi."

Ar ôl i Wmffras fynd, bu Ffrancenstein yn myfyrio ar freuder einioes, ac ar gymdeithas yn datgymalu. "Rhaid inni beidio â gadael i'r moch ddifetha'r winllan," meddai wrth Peresfon. Ac wrth deimlo'r Sherlock yn dygyfor drwyddo ychwanegodd, "Mae hwn yn achos i Holmes."

Yma cododd a mynd i chwilota yn ei destadrors am ei chwyddwydyr a'i getyn-ewyn-môr hynafol, ac yn ei wardrob am ei gap myndda-dod, a'r tu ôl iddi am ei feiolin. Wrth weld y cetyn a'r feiolin cododd Peresfon ei lygaid pruddglwyfus at y nenfwd mewn ystum o ddigalondid eithafol, canys fe wyddai beth oedd yn ei ddisgwyl. Gwyddai yn gywir. Llenwodd Ffrancenstein fowlen go helaeth y cetyn efo baco yr un mor hynafol â'r cetyn, rhywbeth tywyll bygythiol yr olwg. Taniodd y bowlenaid. Ymhen ennyd llifodd pryfed lludw ar draws ei gilydd allan o dan y sgertin gan ei gwneud hi am allan. Chwiliodd

Peresfon, yn ofer, am waredigaeth. Fel yr âi'r mygdarthu Holmesaidd, a oedd i fod i hyrwyddo myfyrdodau ei feistr am yr anfadwaith, yn ei flaen dechreuodd Peresfon deimlo'n benysgafn, a chafodd yr argraff ei fod yn graddol godi, trwy rym dirgel, i fyny am y to – argraff a oedd yn fwy llythrennol gywir nag a dybiai. Ond yr oedd gwaeth i ddyfod: ar ôl i'r smocio beidio, dacw Ffrancenstein yn estyn am y feiolin – fe allai, fel Holmes ei hun, ganu'r ffidil yn fedrus pan fynnai (yr oedd sawl cerddor medrus yn ei gyfansoddiad), ond hyrwyddo myfyrdod oedd pwrpas y feiolin hefyd. Dechreuodd Ffrancenstein grafu'r tannau efo'r bwa gan greu synau nid annhebyg i gathod arteithiedig, synau a sgrafellai'r nerfau noeth, ac er ei ymdrechion glew i liniaru'r poenydio seinyddol trwy roi ei bawennau dros ei glustiau ni allodd Peresfon gael dim dihangfa. Yn y diwedd fe ymroes i udo fel creadur cyfeiliorn mewn coedwig gyntefig, peth a oedd mor atgas i Ffrancenstein ag oedd ei ffidlan ef i Beresfon. A dyna pryd y rhoddodd o'r gorau iddi. Erbyn hynny roedd hi'n hen bryd i'r ddau ohonyn nhw fynd i'w gwelyau.

Fore trannoeth, gwisgodd Ffrancenstein ei gôt fawr a'i gap mynd-a-dod, troi at Peresfon a dweud, "Dim cyfansoddi heddiw. Tyrd, mi ymlwybrwn ni am Sea Villa."

Roedd Sea Villa – a oedd yn enw newydd ar hen dŷ Pen y Golwg – yn dyddyn ar ysgwydd bryn. O'r ffrynt gellid gweld y môr beth pellter i ffwrdd; edrychai'r cefn i fyny at ysgythredd mynyddog. Y cae dan y tŷ oedd Cae Top. Roedd dau gar plismyn yng nghowrt Sea Villa, a chryn dipyn o fynd a dod yno. Yr oedd yno, hefyd, rai gohebyddion. Aeth Ffrancenstein i lawr y gefnffordd heibio'r tŷ at waelod Cae Top, lle y daethpwyd o hyd i Isidore yn ei deiars. Roedd yr union lecyn hwnnw wedi ei amgylchu gan rubanau i gadw pawb oddi yno. Y Prif Arolygydd Richard Ystradau oedd yn gyfrifol am yr ymchwilio yn y fan honno. Un tal, main, llygadog oedd Ystradau. Pan gyrhaeddodd Ffrancenstein yno ac edrych dros y wal roedd y Prif Arolygydd yn brysur yn ffereta o gwmpas. Edrychodd yn amheus ar Ffrancenstein a cherddodd tuag ato. Ychydig cyn iddo gyrraedd fe'i cododd Peresfon ei hun ar ei draed ôl i gael golwg, fel ei feistr, dros y wal. Pan welodd Ystradau ben ac ysgwyddau'r ci stopiodd yn ei unfan.

"Ydi hyn oll o ryw ddiddordeb i chi?" gofynnodd Ystradau, o bellter y tybiai ei fod yn lled ddiogel.

"I 'nghi?" gofynnodd Ffrancenstein.

"'Sdim eisio treio bod yn ddigri," meddai Ystradau. "Mae hwn yn achos difrifol iawn."

"Ydych chi wedi gweld y beic 'ma yn 'fan hyn?" holodd Ffrancenstein.

"Pa feic?" gofynnodd Ystradau.

"Hwn," atebodd Ffrancenstein.

"Wwyff!" Rhoes Peresfon ebychiad o gyfarthiad yn mynegi syndod at aneffeithiolrwydd Ystradau a beirniadaeth ohono.

"Ydi'r ci yna'n sâff?" holodd Ystradau.

"Hollol sâff," meddai Ffrancenstein.

Daeth Ystradau allan yn dinfain trwy'r giât ar waelod y cae.

"Nid Cwnstabl Wmffras biau hwn?" meddai Ystradau a'i eiriau'n gyfuniad o negydd a chwestiwn.

"Beic dynes ydi hwn," meddai Ffrancenstein, a chafwyd "Wwyff!" – dirmygus y tro hwn – gan Peresfon.

Yma tynnodd Ffrancenstein ei chwydd-wydyr o boced ei gôt fawr a syllodd yn graff ar sedd y beic. Yna, yn dra gofalus, tynnodd edefyn oedd wedi dal mewn nytan o dan y sedd. "Be ydi hwn'na?" gofynnodd Ystradau.

"Edefyn o ddilledyn o felin wlân Llanyddan," meddai Ffrancenstein. "Mae'r dilledyn wedi cael ei lanhau'n lled ddiweddar," snwyrodd yr edefyn, "gan ddefnyddio cemegyn nad ydi o ddim i'w gael ond gan gwmni Jameson. Mae'r ffaith fod un rhan o'r defnydd wedi gwisgo dipyn bach yn denau'n awgrymu fod y clogyn wedi cael ei ddefnyddio'n eithaf rheolaidd, ac y mae'r smotyn hwn o inc . . ." yma craffodd eto drwy ei chwydd-wydyr, ". . . yn awgrymu fod a wnelo'r perchennog â gwasg argraffu."

"Hy hy hy!" chwarddodd Ystradau'n sur, yna ychwanegodd, "Ac y mae'r teiars ar y beic ers dwy flynedd, wedi eu prynu yn Garej Wilff, ac wedi eu prynu efo siec Banc HSBC!"

Anwybyddodd Ffrancenstein y ffraethineb. Syllodd yn fanwl unwaith eto ar gyrn y beic, yna tynnodd flewyn melyn hir o handlan y brêc. "Mae rhywun efo gwallt melyn hir wedi bod ar gefn y beic yma'n ddiweddar."

"Yn gwisgo nicyrs pinc m'wn," meddai Ystradau.

Yr oedd mwy o fygwth yn "Wwyff" Peresfon y tro hwn, a chymerodd Ystradau ddau gam yn wysg ei gefn. Trodd Ffrancenstein a syllu arno, "Rydych chi wedi cael wy wedi ei ferwi'n feddal y bore 'ma, ac wedi yfed paned o goffi rhad, a newydd ddiffodd sigâr fain wedi ei gwneud gan Gwmni Ffaraj," meddai wrth Ystradau.

"Y nefoedd fawr!" ebychodd yntau.

"Cywir?" gofynnodd Ffrancenstein.

"Cywir," meddai Ystradau. "Ond sut y gwyddech chi?"

"Wrth sylwi ar fanion, Ystradau," meddai Ffrancenstein.

"Sut 'gwyddoch chi f'enw i?" gofynnodd Ystradau.

"Wedi gweld eich llun a'ch enw fwy nag unwaith mewn papurau newydd," meddai Ffrancenstein.

"Hm. Ond sut y gwyddech chi'r petha yma amdana i?" holodd eto.

"Mae hynny'n hawdd," meddai Ffrancenstein. "Mae 'na fymryn o felynwy ar eich mwstash chi, mae yna chwa o oglau coffi o'ch cwmpas chi, ac y mae yna fymryn o lwch baco ar eich llawes chi. Rydw i'n digwydd bod yn awdurdod ar wahanol fathau o dybaco – ac os ydych chi eisio gwybod mwy am hynny, mi ellwch weld fy monograff i ar y pwnc yng nghyfrol tri-deg-wyth o *Forensis*."

"Rasmws annwyl!" ebychodd Ystradau. Yna ychwanegodd, "Fuasech chi ddim yn leicio rhoi help llaw imi yn yr achos yma?"

"O'r gorau," atebodd Ffrancenstein.

"Gyda llaw," meddai Ystradau, " be ydi'ch enw chi?"

"Ffrancenstein Taliesin Ifas."

"Taliesin . . . Taliesin . . ." meddai Ystradau. "Ydi hwn'na ddim yn enw ar bentre'?"

"Wwff," cyfarthodd Peresfon.

"A dyma Peresfon," meddai Ffrancenstein.

"Faint ydi ei oed o?" gofynnodd Ystradau.

"Pedair," atebodd Ffrancenstein.

"Hm . . . mae o'n edrych yn hŷn," sylwodd Ystradau.

"Wyff, wyff, wyff," cyfarthodd Peresfon.

"Mawr ydi o w'chi, nid hen," esboniodd Ffrancenstein.

"Ydi o'n drýst?" holodd Ystradau o gongol ei geg gan hanner cuddio ei eiriau efo'i law.

"O ydi," meddai Ffrancenstein.

Edrychodd Peresfon yn flin ar Ystradau.

"Ydych chi'n siŵr?" holodd Ystradau eto, gan led symud y tu ôl i Ffrancenstein.

"Yn berffaith siŵr," meddai Ffrancenstein, "ond mae o'n gi mor gall nes ei fod o'n gwybod be'r ydych chi'n ei ddweud."

"Cyn belled ag nad ydi o'n gwybod be'r ydw i'n ei feddwl," meddai Ystradau.

"Dim ond weithiau," meddai Ffrancenstein.

Aeth y tri ohonyn nhw i'r cae i safle'r anfadwaith.

"Dyma fo Isidore yn ei deiars," meddai Ystradau gan nodio i gyfeiriad y gwrthrych.

Roedd y Cwnstabl Wmffras yn sefyll ar led ochor efo fflasg de yn ei law ac yn edrych braidd fel enaid ar gyfeiliorn.

"Mae hyn yn dipyn o gyffro i Wmffras," esboniodd Ystradau, "does yna ddim byd mwy cyffrous na dwyn dillad oddi ar lein yn dod i'w ran o, mae arna'i ofn."

"Wel wir, Ifas," meddai Wmffras, "cynt y cyferydd dau ddyn na dau deiar."

"Nid yn achos Isidore mae arna'i ofn," meddai Ffrancenstein. "Beth am ei dynnu o allan?"

"Roeddwn i ar fin awgrymu hyn'na fy hun," meddai Ystradau. Gan droi at Wmffras a dau gwnstabl arall amneidiodd tuag at Isidore a dweud, "Gan bwyll, dalltwch."

O deiar i deiar daeth Isidore i'r fei.

"Clwyf," meddai'r Cwnstabl Wmffras, "ar ei ben."

Daeth Ffrancenstein ac Ystradau at y corff. Archwiliodd Ffrancenstein y clwyf yn fanwl. "Yr asgwrn parwydol a hanner chwith asgwrn y gwegil wedi ei falu," meddai. "Ergyd efo rhywbeth trwm."

"'Swn i feddwl," meddai Wmffras.

"'Welsoch chi ddim byd wrth y tŷ?" holodd Ystradau.

"Mae yna gryn dipyn o gelfi wrth y tŷ," meddai Wmffras. "Dyn sgràp oedd Isidore."

"Fedrwn ni wneud dim byd arall yma," meddai Ffrancenstein, a oedd wedi bod yn chwilota o gwmpas. "Beth am inni fynd at y tŷ?"

"Wmffras," meddai Ystradau, "dowch â'r beic yna sy ochor arall i'r clawdd efo chi. A chithau," meddai wrth y ddau gwnstabl arall, "cadwch y teiars yma fel tystiolaeth."

Wrth Sea Villa roedd hi fel mynwent eliffantod, ond bod y rhain yn eliffantod haearn. Am y gwelech chi, roedd yna ysgerbydau tractorau, lorïau, a cheir, a'u perfeddion nhw'n llanast o gwmpas. Mewn un man roedd yna bwll bas o olew du, fel pe bai'r diweddar gerbydau wedi gwaedu dafnau olaf eu heinioes yno.

"Doedd yr Isidore 'ma ddim yn haeddu cael ei ladd, 'dwi ddim yn dweud," meddai Wmffras, "ond sglyfa'th budur oedd o, mae'n rhaid ichi gytuno."

"Ie, sglyfa'th budur," meddai Ffrancenstein, "ond mi roedd rhywun yn meddwl ei fod o'n haeddu cael ei ladd."

"Mae 'na faint fynnoch chi o arfau yma," meddai Ystradau.

"Oes yna rywun wedi edrych wrth y pentyrrau teiars yma?" holodd Ffrancenstein.

Aeth Wmffras draw at y pentyrrau a oedd wrth ochor garej ddrylliedig. "Amal gnoc a dyrr y garej," meddai Wmffras, "sbiwch mewn difri', wedi ei sgegio gan fwy na'i llond. Be oedd ar ben y dyn?"

Yna dechreuodd o, a dau heddwas arall, grafu, braidd fel ieir, o gwmpas y pentyrrau teiars.

Ymhen y rhawg daethant at Ffrancenstein ac Ystradau, a oedd yn chwilota yn y tŷ, a oedd cyn flered oddi mewn ag oedd o oddi allan.

“Dyma ni dri morthwyl, tri sbanar mawr, a hanner dwsin o lifars newid teiars,” meddai Wmffras, “digon i ladd dwsin.”

“Rhowch nhw ar y bwrdd ’na,” meddai Ystradau, “. . . ar ôl clirio’r ’nialwch yna oddi arno fo.”

Aeth Ffrancenstein at y bwrdd a syllodd yn egnïol trwy ei chwydd-wydyr ar y celfi.

“A!” meddai ymhen tipyn. Yna tynnodd sylw Ystradau at strimyn main o goch ar ymyl un sbanar.

“Dyma’r erfyn felly?” holodd Ystradau.

“Mae’n fwy na thebyg,” meddai Ffrancenstein.

“Marwolaeth sbanar a theiar,” meddai Wmffras. Edrychodd Ystradau braidd yn amheus arno.

Yn y cyfamser roedd Peresfon yn snwfflan wrth y lle tân du ac oer. “Wyff,” cyfarthodd. Daeth Ffrancenstein ato ar un waith. Wrth drwyn ei gi roedd yna bapur wedi ei losgi, ond nid ei lwyr losgi. Cododd Ffrancenstein o’n dra gofalus, syllodd yn graff arno, a darllen, “. . . *you and your dump . . .*”

“Mae’n edrych fel pe bai rhywun wedi ei fygwth o,” meddai Ystradau.

“Digon tebyg,” meddai Ffrancenstein.

“Saesneg,” meddai Wmffras. “Nid buwch o’r fro.”

“Buwch o’r fro, Wmffras! Am be rydych chi’n baldaruo?” meddai Ystradau yn dechrau colli ei amynedd.

“Mae Cwnstabl Wmffras yn siarad mewn damhegion,” meddai Ffrancenstein, “awgrymu y mae o mai rhywun diarth a sgrifennodd hwn.”

“Ond mae hanner y Cymry sy’n y lle ’ma’n sgwennu yn Saesneg,” meddai Ystradau.

“Digon gwir, a digon craff,” meddai Ffrancenstein. “Ond oes yna rywun neu rywrai wedi symud i mewn yma’n ddiweddar a chanddyn nhw feddwl o’r amgylchfyd?”

“Mae gynnoch chi ddigon o ddewis yn fan’na,” meddai Wmffras. “Mae ’na rywun neu rywrai’n landio yma bob yn eilddydd. Dyna ichi, fel esiampl, y ddynes yna symudodd i Dyddyn Briwat yn ddiweddar, a'i char hi'n fajis cefn-gwlad am y gwelwch chi."

"Nid Miss Moriarti rydych chi'n feddwl?" holodd Ystradau.

Wrth glywed yr enw strymiodd rhyw nerf yng nghyfansoddiad Ffrancenstein.

"Miss Moriarti?" holodd.

"Tyddyn Briwat, yn topia 'cw," meddai Wmffras.

"Beth am inni alw i'w gweld hi," awgrymodd Ffrancenstein.

Safai Tyddyn Briwat ar y llethr garw a thrwsgwl oedd y tu ôl i Sea Villa. Roedd y tŷ wedi ei ddiweddaru'n chwaethus – y mortar graean coman wedi ei dynnu i ddatgelu'r garreg wenithfaen raenus odano, y gwaith coed wedi ei adheneiddio gan saer medrus, a'r to wedi ei doi o'r newydd â llechi tew lleol. Pan gyrhaeddodd y ddau gar-plismyn at y giât agorodd drws y tyddyn a wynebwyd Ffrancenstein, Peresfon, y Prif Arolygydd Ystradau, y Cwnstabl Wmffras a'r ddau heddwas arall gan ferch ifanc weddeiddlwys, felynwallt, groenwyn – oedd melynach ei phen na blodau y banadl, oedd gwynnach ei chnawd na distrych y don. Gwisgai ficini pinc, fel y sylwodd pawb, o dan y dilledyn ysgafn a wisgai dros ei hysgwyddau – dilledyn a oedd, fel y sylwodd Ffrancenstein yn syth, wedi ei nyddu ym melin Llanyddan ac, fel y snwyrodd, wedi ei lanhau yn ddiweddar yn un o siopau Jameson. Am ei thraed, oedd yn wynnach nag eira cynta'r gaea, gwisgai'r lodes esgidiau sodlau uchel. Bwriodd Miss Moriarti y dilledyn o'r naill du.

"Miss Moriarti debyga' i," meddai Ystradau.

Cymerodd Miss Moriarti fwy o sylw o Beresfon na neb arall.

"Wel," meddai mewn Saesneg mindlws, "dyma imi gi del."

Daeth Peresfon yn ei flaen ati, a dyma hithau'n dechrau rhoi o-bach iddo, nes y dechreuodd ei lygaid galarus ddangos rhywbeth yn debyg i lawenydd.

"Miss Moriarti," meddai Ffrancenstein, "fuasech chi'n meindio imi gael blewyn o'ch gwallt chi?"

"Cais anarferol," meddai Miss Moriarti, "gan ddyn mewn cap anarferol. Ydych chi ddim yn digwydd perthyn i . . . Sherlock Holmes?"

Wrth iddi ddweud yr enw cyffyrddwyd rhyw nerf ynddi hithau, a daeth cysgod o berlesmair dros ei hwyneb.

"Cewch 'neno'r tad," ychwanegodd, "p'run ydych chi ei eisio?"

"Mi wnaiff unrhyw un y tro," meddai Ffrancenstein.

"Dowch yma i'w nôl o 'te," meddai hi'n wahoddus.

Wrth iddo ddynesu ati fe aeth rhywbeth braidd o'i le yng nghyfansoddiad Ffrancenstein, a dechreuodd Casanova ddadebru ynddo. Gyda thrafferth y plyciodd un blewyn melyn o'i phen. Syllai hithau ar ei gynnwrf teimladol gyda diddordeb.

"Paned?" holodd.

"Plîs," meddai'r ffôrs yn unllais.

"Te mint neu gamomeil sy ar gael," meddai hi, gan siarad braidd fel Marilyn Monroe.

"Llysieuwyr ydym. Iawn i ni," meddai'r plismyn i gyd efo'i gilydd eto.

Roedd yn amlwg i Ffrancenstein fod Miss Moriarti yn hudoles, ac yn amlwg fod Peresfon, fel y ffôrs, wedi llwyr ymgolli yn ei swynion.

Fel y sipiai pawb eu paneidiau o de llysieuol, gofynnodd Miss Moriarti i Ffrancenstein, "A be wnewch chi efo blewyn o 'ngwallt i?"

"O bob gwaith daw elw," meddai Wmffras.

"Elw, cwnstabl?" holodd Miss Moriarti.

"Ei drysori," meddai Ffrancenstein gan ymdrechu i ddad-Gasanovaeiddio a bod yn dditectif unwaith eto. Yna ychwanegodd, "Miss Moriarti, rhaid inni ofyn . . ."

"Iddo *fo* ofyn . . ." meddai ei gymdeithion yn un corws.

"Rhaid i mi ofyn ichi ble'r oeddech chi neithiwr?"

"Ferch annwyl eich mam," meddai Wmffras.

"Ferch annwyl fy mam?" Nid oedd Miss Moriarti yn deall o gwbwl.

"Hen gân werin," esboniodd Ffrancenstein, "geiriau ohoni. Gofynnaf eto, Miss Moriarti annwyl . . ."('Annwyl,' meddai wrtho'i hun, 'o ble y daeth y gair yna?')

"Ble'r oeddwn i neithiwr," gorffennodd Miss Moriarti ei gwestiwn iddo. "Ond yn fy ngwely siŵr iawn, fel pawb arall."

Cafodd y gair 'gwely' ddylanwad rhyfeddol ar y ffôrs a dechreuodd y naill wincio, gyda'u llygadau a'u cegau, ar ei gilydd.

"Oeddech *chi* ddim yn eich gwely neithiwr Misdyr . . ."

"Ifas." Rhoddodd iddi ei enw. "Wel oeddwn, wrth . . ."

Yma cyfarthodd Peresfon yn awgrymog, "Wyyyyff, Wyyyyyyff," wrth gofio am nosweithiau ei feistr ar sgawt.

". . . gwrs," gorffennodd Ffrancenstein ei frawddeg.

"Y lle gorau i fod," meddai Miss Moriarti.

Yma torrodd y Cwnstabl Wmffras allan i ganu:

"Pan oeddwn i ar foreddydd
Yn rhodio glas y coedydd
A'm calon i yn rhydd:
Dym dwm dydi dal
Dydi radl rwdl lal."

Ymunodd y gweddill o'i gyd-heddgeidwaid ag ef yn y cytgan.

"Paned arall?" holodd Miss Moriarti gan hofran yno, yn ei bicini, ar ei sodlau uchel, wrth ei thân coed efo'i thegell.

"Caredig iawn." "Te tan gamp." "Te rhyfeddol." Dyna oedd geiriau yr heddgeidwaid.

Wrth iddo glywed y gair 'rhyfeddol' daeth pelydryn llachar o oleuni i feddwl, erbyn hyn, cymysglyd Ffrancenstein. "Wrth gwrs," meddai wrtho'i hun, "mae yna rywbeth yn y te."

Ymdrechodd eto, uwchben sain y canu, i ofyn, "Miss Moriarti, ble . . . ble'r oeddech chi neithiwr?"

"Wel," meddai hi dan wenu, "roeddwn i'n cael gwared â'r hen sglyfa'th budur yna, Isidore Francis. Roedd y Feicings yn mynd i dragwyddoldeb, yn addas iawn, yn eu llongau, ac roedd hi'r un mor addas i'r mochyn budur yna fynd i dragwyddoldeb yn ei deiars. Mi brintiais i ddigon o negeseau iddo fo."

Roedd Miss Moriarti wedi cyfaddef. Roedd holl amheuon Ffrancenstein yn gywir. Roedd y dirgelwch wedi ei ddatrys. Ond rhag ei waethaf, ni allai wneud dim; ac, am y ffôrs, ni ddymunai'r un enaid ohonyn nhw wneud un dim. Yn wir, "Go dda rŵan, eithaf gwaith â'r esgymunbeth yna," meddai'r Prif Arolygydd Ystradau.

Graddol suddodd pob un o'r cwmni, gan gynnwys Peresfon, i gwsg dwfn.

Am Miss Moriarti, neidiodd hi ar ei moto beic a marchogaeth, yn ei bicini a'i hesgidiau sodlau uchel, a chyda'i gwallt melyn godidog yn cyhwfan yn yr awel iach i'r gorwel pell nad yw'n bod, i'r dimensiwn hwnnw nad yw'n darfod.

* * *

Yn y man, fe gadwodd Ffrancenstein ei getyn a'i gap a'i feiolin Sherlock Holmes, er mawr ryddhad i Peresfon – roedd hyn'na oll ar ben, am ryw hyd. "Biti hefyd," meddyliodd Ffrancenstein wrth i Miss Moriarti ffrydio'n ôl i'w gof. Roedd bywyd fel yr oedd o cyn iddo'i chyfarfod. Fe gododd un bore a chael fod y rhan o Jonathan Swift a oedd yn digwydd bod yn ei gyfansoddiad yn cyniwair yn gryf. Eisteddodd wrth y bwrdd efo'i bapur a'i feiro. Cafodd olwg "Be-heddiw-eto, pwy-heddiw-eto?" gan Peresfon. "Cynnig Rhesymol i Rwystro Pobol Anferthol Dew y Gorllewin rhag Bod yn Fwrn ar eu Llywodraethau a'u Gwledydd" ysgrifennodd Ffrancenstein:

> Y mae'n drist i unrhyw un sy'n crwydro strydoedd Prydain neu Unol Daleithiau'r Amerig sylwi ar y nifer tra sylweddol o'u pobol sydd yn stryffaglyd o dew. Y mae'n bwnc sy'n cael sylw cyson yn ein papurau newydd ac ar raglenni teledu. Prif fyrdwn y sylwedyddion ar y pwnc hwn yw mor gostus a threulgar ydyw'r cyfryw rai ar systemau iechyd y gwledydd. Gellid, yn ddiau, ddadlau fod y tewion hyn yn hybu'r economi wrth iddynt bwrcasu bwydydd yn eu gwledydd, ond y mae economegwyr craff yn dangos yn ddigon eglur fod y pwysau ar economïau yn goresgyn unrhyw fanteision i'r farchnad fwyd. Ni lwyddodd unrhyw lywodraeth, hyd yn hyn, i setlo'r broblem wirioneddol ddyrys hon.

Dros rai blynyddoedd yr wyf fi wedi myfyrio'n ddwys ar y mater dan sylw, ac yr wyf yn awr am gynnig ffordd o ddatrys y broblem ac, ar yr un pryd, gynorthwyo i fwydo'r rhan helaeth honno o boblogaeth ein byd sy'n byw ar ei chythlwng ac ysydd, bob hyn-a-hyn, yn newynu i farwolaeth, gan achosi cryn ofid i drigolion ein gwlad ni, er enghraifft, am fod gofyn iddynt hwy fynd i'w pocedi i geisio ysgafnhau beichiau'r Trydydd Byd.

Yr hyn sy'n rhwym o daro unrhyw berson rhesymol yw y gellid allforio'r tewion trafferthus ar gyfer bwydo'r anffodusion mewn gwledydd llwm. Gellid gwneud hyn mewn un o ddwy ffordd, sef trwy eu cario yn fyw i'r gwledydd pell mewn lorïau, fel y gwneir nid yn anfynych gydag anifeiliaid. Gwir fod amryw ddinasyddion yn cwyno am y dull hwn o allforio anifeiliaid gan ei fod, yn eu barn hwy, yn ffordd greulon o drin creaduriaid direswm – trwy eu hel yn heidiau tynn yn ei gilydd heb ddigon o le i symud, bwydo nac ymwagio. Eithr maentuniaf na fyddai unrhyw wrthwynebiad cyffelyb i gario pobol. Mantais y dull hwn o gario yw y byddai'r llwyth yn cyrraedd pen ei daith, yn lluddedig efallai ond yn fyw, ac yn barod i gael ei ladd ar gyfer y farchnad yn y pen arall. Yr ail ffordd o allforio yw lladd yn y pen yma – a thrwy hynny ychwanegu at y nifer o swyddi sydd gennym mewn lladd-dai, ystyriaeth nid ansylweddol o safbwynt yr economi – a chario'r llwyth i ben ei daith wedi ei rewi.

Yr wyf yn barod i gydnabod na ddylid cynnig y bwyd newydd hwn i newynedigion yn ddihyfforddiant. Byddai'n rhaid addysgu eu cigyddion hwy yn y lle cyntaf, a thrwyddynt hwy y cyhoedd drwyddo-draw, i adnabod gwahanol rannau y carcas a sut i fynd ati i'w coginio yn y modd mwyaf llesol – rwy'n cymryd yn ganiataol mai anghymwynas â thrueiniaid sydd yn wan o ddiffyg maeth fyddai rhoddi iddynt gig cryf ar y dechrau. Byddai'n rhaid dechrau gyda rhai ffeithiau sylfaenol amlwg, megis y bydd gwahanol flas ar wahanol bobol am eu bod wedi bwyta gwahanol fwydydd, yn union fel y mae gwahanol flas ar, er enghraifft, ddefaid a fagwyd mewn porfeydd o fewn golwg y môr a'r rhai a fagwyd ar fynydd-dir. Bydd, yn ddiamau, wahanol flas ar rywun a fu'n berson a frasaodd ar ymborth cyllell a fforc i rywun a fu'n fwy parod â llwy bwdin. Rhaid cofio, hefyd, ei bod yn ffaith gydnabyddedig fod y rhai hynny sydd yn hŷn yn debyg o fod yn fwy gwydyn na'r rhai iau. Mantais fawr i'r bwytawyr fydd gwybod rhai ffeithiau sylfaenol am wahanol rannau o'r carcas, a pha rannau ohono sydd yn fwyaf maethlon. Bydd prisiau y gwahanol rannau, wrth reswm, yn awgrymu gwerth eu maeth. Eithr wrth sôn am brisiau fel hyn, rhaid gofalu na fydd unrhyw ran o'r carcas yn ddrud i'r prynwyr oherwydd, wedi'r cyfan, cael gwared o nwydd cwbwl ddiwerth ar gyfer y farchnad gartref y bydd y gwerthwyr. Buddiol fyddai hyfforddi'r prynwyr fod cig y lwynau, ystlys las, a stecen ffiled yn llawer gwell na choes las neu gig y gwddw.

Wedyn, bydd yn rhaid paratoi llyfrau yn ieithoedd y gwerthwyr, yn ôl yr hyn a gymeradwyir gan y rheini sy'n arbenigwyr ar farchnata, i ddysgu'r bwytawyr sut i goginio'r gwahanol rannau er mwyn cael y budd mwyaf a'r blas gorau ohonynt. Dyweder mai tew ifanc sydd i'w drin: fel y gwneir gyda lloi, er enghraifft, fe ellid paratoi pen wedi'i ferwi heb y croen, yn null *Tête de veau à la Maître d'Hôtel,* dyweder. Yn gyntaf dylid nodi'r holl ddefnyddiau angenrheidiol:

> Y pen, dŵr, ychydig halen, 4 llond llwy de o ymenyn wedi'i doddi, 1 llond llwy de o bersli wedi ei dorri'n fân, pupur yn ôl chwaeth y bwytawr, 1 llond llwy de o sudd lemwn.

Yna dylid egluro'n union sut y mae mynd ati i goginio:

> Ar ôl glanhau'r pen, a thynnu'r ymennydd ohono, gadewch iddo socian mewn dŵr i'w wynnu. Gosodwch yr ymennydd hefyd mewn dŵr cynnes i socian, am ryw awr. Rhoddwch y pen mewn padell-stiwio, gyda digon o ddŵr

oer i'w orchuddio. Pan fydd yn berwi, ychwanegwch fymryn o halen. Tynnwch ymaith bob darn o sgum fel y mae hwnnw'n codi i wyneb y berw, a berwch y pen nes y bydd yn dyner. Berwch yr ymennydd, ei falu'n fân, a'i gymysgu ag ymenyn wedi ei doddi, persli wedi ei falu, pupur a halen, a sudd lemwn, yn ôl y chwaeth. Codwch y pen o'r badell, blingwch y tafod, a'i roi ar ddysgl fechan, gyda'r ymennydd o'i gwmpas. Taenwch dipyn o bersli ac ymenyn dros y pen. Y mae'n briodol iawn i weini'r cig hwn gyda rhannau o'r crwper wedi eu ffrïo.

Fe gymer y cyfan rhwng awr a hanner i ddwyawr i'w baratoi, ac fe fydd yn ddigon i saith neu wyth o fwytawyr.

O ddilyn y dull o weithredu yr wyf yn ei argymell yn fy nghynnig hwn yr wyf yn gwarantu y byddai Gwasanaeth Iechyd ein gwlad wedi ei chwyldroi er gwell ymhen tua thair blynedd, ac y byddai nifer y tlawd a'r newynog yn y Trydydd Byd yn lleihau fesul wythnos.

A rhag i neb dybio mai er fy lles fy hun yr wyf yn gwneud y cynnig hwn, yr wyf yn sicrhau pob aelod o'r cyhoedd nad oes neb o'm teulu i yn ddigon corffol imi fedru elwa o werthu unrhyw un ohonynt. Maentumiaf yn ostyngedig a chywir mai lles y cyhoedd yn unig a'm symbylodd i ddod â'r cynnig hwn i'w sylw.

* * *

Ar ôl gorffen ei gyfansoddiad aeth Ffrancenstein i wneud paned o goffi iddo'i hun, a the llysieuol i Peresfon, a oedd wedi magu blas ato ar ôl yfed ohono yn nhŷ Miss Moriarti. Fel yr oedd y ddau'n llymeitian eu diodydd, bwriai Ffrancenstein olwg ar y papur-am-ddim lleol. Yno gwelodd bennawd:

CWMNI O ESTRONIAID AM FEDDIANNU GWAITH COPOR LLANBIWIS

"Oes yna waith copor yn Llanbiwis?" gofynnodd yn uchel.

"Wyff," cyfarthodd Peresfon, gan fynegi ei syndod yntau.

Darllenodd Ffrancenstein ymhellach:

> "Y mae Cwmni o ddieithriaid wedi gwneud cais am grant sylweddol i gymryd drosodd waith copor a adawyd i frodorion Llanbiwis gan gymwynaswr o genedlaetholwr o'r ardal. Eu dadl hwy yw fod y gwaith yn cael ei redeg mewn dull mor henffasiwn a gwastraffus fel nad yw'n rhoi elw priodol i'r cyfranddalwyr, sef y gweithwyr eu hunain a'u teuluoedd. Yn ôl cynllun y dieithriaid fe ellid denu arian mawr ar y farchnad agored i redeg y gwaith mewn dull modern effeithlon, dull y gellir dangos, trwy asesiadau safonol a ddyfeisiwyd gan economegwyr Americanaidd, a fyddai'n treblu cynnyrch blynyddol y gwaith ac yn treblu'r elw i gyfranddalwyr. Dadl y perchnogion presennol yw nad ydynt am weld y Cwmni mawr hwn o ddieithriaid yn dod i mewn am gyfnod byr y mae'n fwy na thebyg, yn gweithio'r lle'n hesb yn gyflym, ac yna'n diflannu i ba le bynnag y daeth ohono. Nid ydynt yn derbyn dadl y Cwmni y byddant yn gallu cynyddu nifer y swyddi lleol o 35 i 42. Gan fod y Llywodraeth yn edrych yn ffafriol ar gynlluniau'r Cwmni a bod Cynghorau Lleol yn fwy na pharod i roi caniatâd cynllunio iddo, y mae pwysau mawr ar berchnogion y gwaith i werthu – a gwneud elw sylweddol iddynt eu hunain mewn byr dro. Deallwn fod archwilwyr y Cwmni wedi cael caniatâd i wneud archwiliadau pellach, er gwaethaf protestiadau huawdl y brodorion sydd biau'r gwaith. Yn ôl un Cynghorydd Lleol, 'Dyma gyfle euraid i ddod â gwaith a llewyrch i'r ardal.' Pan ofynnodd ein gohebydd iddo am ei ymateb i farn gref y bobol leol, dywedodd fod y Cyngor wedi ei ethol 'i wneud penderfyniadau o bwys'. Bydd yr archwiliadau'n dechrau ddydd Gwener, yn wyneb gwrthdystiad lleol cryf."

Wrth ddarllen trwy'r llith teimlai Ffrancenstein gynddaredd cyfiawn yn crynhoi o'i fewn, a dechreuodd y Lone Ranger ynddo wneud ei bresenoldeb yn amlwg.

"Mae hi'n ddydd Gwener heddiw. Dyma waith i'r Lone Ranger," meddai. Cododd ac aeth i chwilio, unwaith eto, yn ei ddestadrors a'i wardrob, am ei ddillad cowbois gwyn, ei het gowbois wen, ei fotasau marchogaeth, ei wregys gynnau, a'i ynnau arian ac, yn olaf a phwysicaf, ei fwgwd du. Gwyddai Peresfon beth oedd yn ei ddisgwyl yntau – gwisgo ruban am ei ben i fod yn gymrawd o Indiad, sef Tonto. Aeth y ddau allan i gae'r fferm agosaf lle'r oedd ceffyl gwedd gwyn, sylweddol iawn ei faint. "Hei ho Silver," meddai Ffrancenstein. Cododd Effraim, y ceffyl, ei ben mewn syndod. Cyn pen dim yr oedd Ffrancenstein wedi rhoi ffrwyn yn ei ben a chyfrwy ar ei gefn. Sylweddolodd Peresfon fod gofyn iddo fo – fel oedd yn arferol pan oedd o yn Tonto – yn ddi-geffyl, redeg i ganlyn ei feistr. Ond doedd hynny ddim yn dasg anodd gan mai ar gefn yr hen Effraim yr oedd hwnnw.

Cychwynnodd y tri dow-dow i lawr ffordd drol am Lanbiwis, a oedd ryw bum milltir o'r 'Drylliau'. Roedd hi tua hanner awr wedi pedwar y prynhawn pan ddar'u nhw gyrraedd man a oedd beth ffordd i fyny un o'r mynyddoedd uwchben y pentref. Roedd tyrfa wedi ymgynnull yno, ac amryw ohonynt yn cario baneri a gyhoeddai mewn amrywiol fathau o Gymraeg:

> "Dwylo i ffwrdd oddi ar ein gwaith ni"
> "Dim imperialaeth ddiwydiannol"
> "Doswch yn ôl i'r lle y daethoch ohono" a
> "Bygyr off".

Roedd tri phlisman yn sefyll braidd yn hunanymwybodol wrth giât uchel.

"Mae'n rhaid mai yn 'fan hyn y mae'r gwaith," meddai Ffrancenstein wrth Peresfon.

"Wyff," cytunodd yntau.

Wrth weld y triawd yn dynesu gwnaeth y dorf le iddyn nhw fynd drwodd. Cafwyd un neu ddwy o 'ffraethebion' – fel yr honnai'r wagiau a'u llefarodd – megis, "Dydi'r carnifal ddim tan mis nesa", a "Came sabi". Anwybyddodd y tri y sylwadau fel rhai islaw sylw bodau cyfrifol, a chiliodd un llefarydd i du ôl y dorf pan welodd Peresfon yn anelu ei gamre tuag ato. Yna roedd y tri wyneb yn wyneb â'r plismyn, a geisiodd anwybyddu eu presenoldeb i ddechrau. Ond nid yn hawdd y gellid anwybyddu 'Silver' a safai yno o'u blaenau fel talcen tŷ. Pesychodd Plisman 1 a gofyn i'r 'Lone Ranger', "Esgusodwch fi, syr, ond mi wyddoch fod eisio pàs i fynd i mewn i fan'ma?"

"Na wn i," meddai'r 'Lone Ranger' gan sodlu ystlysau helaeth 'Silver' yn dyner. Symudodd yntau yn ei flaen yn hamddenol a mynd trwy'r giât yn ddiwrthwynebiad. Wrth weld 'Tonto' yn dilyn ei feistr a'i farch gwnaeth Plisman 2 ymdrech dila i sefyll yn ei ffordd, ond ailfeddyliodd yn dra chwimwth wrth weld maint hwnnw.

Roedd y tri yn iard y gwaith erbyn hyn, a phwy a ddaeth allan o geg y lefel, yn gwisgo het galed o liw melyn piblyd ond un o'r Cynghorwyr a oedd yn fwg ac yn dân i weld y Cwmni estron yn meddiannu'r gwaith. Fel y deuai, roedd yn parablu mewn Saesneg patjiog wrth rywun o'i ôl, sef dau o'r archwilwyr a anfonasai'r Cwmni yno, hwythau hefyd yn gwisgo hetiau melyn. Wrth weld dyn mewn mwgwd ar gefn horwth o geffyl yn sefyll efo ci yn yr iard, oedodd y Cynghorydd a syllu mewn syndod cegrwth a heb orffen ei frawddeg, "And wi wul sî tw ut ddat . . ."

Uwch ei ben yr oedd bwced helaeth ar raff-awyr yn arwain o'r agor i'r olchfa, sef cerwyn fawr o ddŵr yn yr iard; yno y gogrid y cerrig a'r copor i'w gwahanu. Fel roedd hi'n digwydd, roedd y bwced yn hanner llawn o ddŵr copor, sef dŵr cochlyd ac anffansïol.

"Wat âr iw dwin iyr?" gofynnodd y Cynghorydd.

"Sefyll dros hawliau'r werin," meddai'r 'Lone Ranger'.

"Hawliau'r werin?" gofynnodd y Cynghorydd.

"Hawliau'r brodorion cynhenid," ychwanegodd y 'Lone Ranger'.

"Ond mae gan y Cwmni yma ganiatâd cynllunio, cyfreithlon, wedi ei basio'n ddemocrataidd. Democrataidd dalltwch," meddai'r Cynghorydd.

"Ond does ganddyn nhw ddim caniatâd cynllunio'r werin," meddai'r 'Lone Ranger'.

Yma clywodd y rhan o'r dorf oedd yn nesaf at y ffens a'r giât y geiriau'r oedd y 'Lone Ranger' yn eu llefaru, a chododd gwaedd uchel o gymeradwyaeth.

"Dos o 'ngolwg i'r hurtyn," meddai'r Cynghorydd. "Offisyr, offisyr . . ." gwaeddodd.

Yma tynnodd y 'Lone Ranger' ei wn arian allan o'i wain a thawodd y Cynghorydd mewn mudandod gwelw. Roedd y ddau archwiliwr erbyn hyn yn ei gwadnu hi yn eu holau i lawr y lefel. Safai'r plismyn yno fel deuawd faen, glas. Clec! Saethodd y 'Lone Ranger' dwll yn y bwced a dechreuodd honno bibo'r hylif coch oedd ynddi mewn ffrwd denau ond cyson am ben het galed y Cynghorydd. Rhoddodd y 'Lone Ranger' ei wn yn ei wain, trodd at y dorf a dweud, "Gyfeillion, cadwch y ffydd. Erfyniaf arnoch oll i sefyll yn gadarn, i sefyll yn ddiildio. Fe gariwch y dydd, fe arbedir eich cam."

"Wyff, Wyff," ategodd 'Tonto'.

"Hei ho Silver," gwaeddodd y 'Lone Ranger'.

Trodd 'Silver' yn araf deg bach a dychwelyd, yr un mor dow-dow ag y daeth, i'r lle y daeth ohono. Roedd cymaint o gyffro a gorfoledd yn y dorf, a chymaint o siom yn y Cynghorydd ac archwilwyr y Cwmni, a chymaint o wthio a stwffio fel y gallodd y triawd fynd o'r fan – yn wyrthiol – heb i neb sylwi arnynt. Ac fel y pellhaent o'r fan gallent glywed banllefau yn y gwynt: "Lone Ranger!" "Lone Ranger!" "Lone Ranger a Tonto!" a "Hei ho Silver!"

Y noson honno fe setlodd 'Silver' yn ei ôl i'w ffordd hamddenol o fyw. Disgwyliodd y 'Lone Ranger' a 'Tonto' glywed rhyw newydd fod yr helynt wedi ei setlo. Ni fu hi'n hir cyn i hynny ddigwydd. "We can only assume that the people of this area are primitive savages," oedd sylw cynrychiolydd y Cwmni. "We don't want nothin to do with them. We settled our own aborigine problems in our own way."

* * *

Rhyw wythnos ar ôl y fuddugoliaeth yn erbyn y Cwmni, fe gododd Ffrancenstein a mynd allan yn syth i Kwiks i brynu potel o wisgi.

"O-o," meddai Peresfon wrtho'i hun, "dydi hyn ddim yn arwydd da," – fe wyddai, o brofiad, pwy oedd yn debyg o fod yn goruwch-lywodraethu yng nghyfansoddiad ei feistr, – "blwming Goronwy Owen."

Wedi dod adref, agorodd Ffrancenstein y botel a dechrau drachtio'n drwm ohoni. Estynnodd ddalennau glân, pin ysgrifennu, ac inc, a'u gosod wrth ochor y botel. Cnodd flaen ei ysgrifbin. Cymerodd jòch arall o'r botel. Myfyriodd. Yna dechreuodd ysgrifennu, gan ddweud y geiriau'n uchel:

Nunc juvat laeto . . .

Oedodd, yna ysgrifennodd a dywedyd ymhellach:

. . . resonare cantu.

"Be ydi hyn? Lladin!" meddai Peresfon wrtho'i hun. "Mi ro i derfyn ar hyn." Dechreuodd sgrafellu clyw ei feistr ag udiadau anhraethol.

"Iawn. Iawn . . . Cymraeg," gwaeddodd hwnnw, gan estyn at y botel wisgi, am gynhaliaeth. Ysgrifennodd eto, a dywedodd:

Moes erddigan . . .

"Rydw i wedi clywed hyn o'r blaen," meddyliodd Peresfon. "Cywydd ar enedigaeth Siôr Herbert ydi hyn. Rwtj cyfalafol." Ynganodd mewn Cyfartheg eiriau nesaf cywydd Goronwy Owen:

. . . a chanu,
Dwg in gerdd, deg awen gu.

Ond ni ddeallodd Ffrancenstein. "Fel hyn y mae 'Goronwy Owen' yn ei ddiod," meddyliodd Peresfon, "dallt dim byd."

Moes erddigan a chanu,
Dwg in gerdd, deg awen gu;
Trwy'r dolydd taro'r delyn,
Oni . . . bo . . .
Oni bo . . .

Aeth yn nos eto ar 'Goronwy Owen'.

"Oni bo'r iâs yn y bryn o gywair dant gyrr di awr oroen i Eryri," cyfarthodd Peresfon yn un stribyn. Ni ddeallodd ei feistr yr un cyfarthiad.

Oni bo'r iâs . . . [Jòch.] . . . yn y bryn
O gywair dant, a gyrr di [Jòch eto.]
Awr oroen i Eryri.

Cyrhaeddodd eto am jòch; ond roedd y botel yn wag.

"Dim chwaneg o ysbryd i farddoni; diolch byth," meddyliodd Peresfon. "Cyn pen dim fe fydd yn rhochian."

A gwir y gair.

* * *

Deffrodd Ffrancenstein yn hwyr yn y prynhawn, yn simsan ei gerddediad ond fymryn yn sobrach nag y bu yn anterth ei gyfansoddi. Trawodd ei fys ar fotwm y teledydd cyn mynd i'r gegin bach i wneud paned o goffi du bitj iddo ei hun, a rhoi powlenaid o Pal i Beresfon. Roedd yn tywallt dŵr berwedig i fýg a gynhwysai dair llwyaid o goffi pan glywodd lais darllenwr newyddion o'r gegin yn dweud:

"Dwysáu y mae dirgelwch y Llyn Du. Dros y Sul fe ddiflannodd dau ddeifiwr arall, a hynny mewn llyn sydd i fod yn hynod o ddiogel. Dyma adroddiad ein gohebydd, Ifan Siôn."

Aeth Ffrancenstein drwodd i'r gegin a gweld dyn tuag ugain oed yn sefyll o flaen llyn.

"Y tu ôl imi yn fan'ma y mae'r Llyn Du," meddai, "lle y diflannodd dau ddeifiwr arall dros y pen wythnos, neu a bod yn fwy cywir, lle y diflannodd dwy ddeifwraig arall. Dyma'r chweched ferch i ddiflannu yma yn ystod y tri mis diwethaf. Yma gyda mi y mae Mrs Olwen Blunt, o'r ardal. Dwedwch i mi, Olwen," meddai wrth wraig yn tynnu am ei phedwar ugain, "oes gynnoch chi unrhyw syniad pam y mae'r trychinebau hyn yn digwydd?"

"Oes."

"Be ydi'r syniadau hynny Olwen?"

"Un syniad sy gen i, a bod yn fanwl, sef bod Creadur y Llyn Du wedi deffro eto."

"Creadur y Llyn Du – be ydi hwnnw?"

"'Tagellyn' oedd yr enw arno fo yn nyddiau fy nain. Creadur ydi o sy'n hanner dyn a hanner anifail dŵr, rhywbeth nid annhebyg i lyffant ond ei fod o'n anferthol. Bob hyn-a-hyn mae o'n deffro – neu, yn gywirach, efallai – mae o'n dod i'r fei, ac yn syrthio mewn cariad efo genod ifainc, os ydyn nhw'n ddigon clws."

"Rhyw fath o Gritjiyr Ffrom Ddy Blac Lagŵn felly, Olwen?"

"Nage, Mr Siôn."

"Be ydi o 'te?"

"Rydw i newydd ddweud wrthych chi, Creadur y Llyn Du. Cymraeg ydi o, nid Saesneg."

"Meddwl yr oeddwn i y byddai'n gwylwyr Cymraeg yn fwy tebyg . . ."

"Maen' nhw'n deall yn iawn."

"Ond dydych chi erioed am ddweud wrthyf fi fod neb y dyddiau yma yn credu mewn creadur . . ."

Yma ymddangosodd rhywbeth du, mawr, gwlyb o'r llyn y tu ôl i Ifan Siôn. Hyd y gellid gweld, roedd ei ben ar lun pen dyn ond ei fod wedi ei dynnu allan fel pen llyffant. Roedd ei gorff yn gen drosto ac yr oedd yn asgellog. Symudodd Mrs Olwen Blunt a'r criw camera yn ôl, pronto, fel bod y gohebydd a'r Creadur Du yn mynd yn llai am ennyd, cyn i'r dyn camera drin ei lensys a thynnu i mewn at y ddau eto.

". . . sydd yn perthyn i fyd chwedloniaeth a bwganod . . ."

Yma swalpiodd y Creadur Ifan Siôn efo asgell seimllyd a disgynnodd hwnnw i'r llyn. Gan iddo ollwng ei feicroffon ar y lan clywyd geiriau olaf y gohebydd gwir broffesiynol hwn:

". . . nad ydyn nhw'n bod . . ."

fel y diflannodd dan wyneb oer y dŵr. Agorodd y Creadur geg ddu yr oedd ei thu mewn yn waetgoch ac yn llawn sgrafellau hir o ddannedd lled felyn. Yma bu toriad hysbysebu ar y teledydd, sef llun o labrador bach melyn delia welsoch chi erioed yn chwarae efo papur lle-chwech. Erbyn i'r Newyddion ailymddangos roedd hi'n gythrwfwl enfawr a'r Dyn-stiwdio yn ceisio gwrando ar nifer o negeseuon yn ei glustiau ar unwaith. O'r diwedd meddai:

"Fe sylweddolwch fod yna nam technegol wedi digwydd o lan y Llyn Du. Fe drown ni'n awr at ein Gohebydd Chwaraeon."

Edrychodd Ffrancenstein a Peresfon ar ei gilydd. "Rwyt ti'n dallt be ydi hyn on'd wyt?" gofynnodd Ffrancenstein.

"Wyffwyff," cyfarthodd Peresfon ei ddealltwriaeth fod gofyn iddynt gymryd eu rhan fel Ymchwilwyr – unwaith eto.

"Y Llyn Du yma amdani fory," meddai Ffrancenstein. Gwyddai'r ddau yn iawn ble'r ydoedd – doedd y Llyn Du ddim ymhell oddi wrth Lyn y Fan Transit.

"Be sy'n poeni'r hen gyfaill y tro yma, os gwn i," meddai Ffrancenstein.

Dyrchafodd Peresfon ei lygaid tua'r to.

"Adeg llyffanta, wyt ti'n feddwl?" holodd Ffrancenstein.

"Wyff," meddai Peresfon.

Erbyn hyn roedd Ffrancenstein wedi sobri drwyddo ond, i fod yn gwbwl ddiogel, penderfynodd na allai o a Peresfon ddim teithio tan drannoeth.

Fore trannoeth gwelwyd Harley Davidson efo seicar yn cychwyn o'r 'Drylliau', efo Ffrancenstein yn gyrru, a Peresfon yn gwisgo cap lledar yn y seicar.

Ar ôl taith faith roedd hi'n amser te pan gyrhaeddodd y ddau y Llyn Du. Roedd ei lan yn gwegian efo gohebwyr a phobol teledu o bob cwrr o'r byd, i gyd â'u llygaid a'u camerâu wedi eu cyfeirio ar ddŵr oer, llyfn a di-greadur y llyn.

"Dim byd i'w weld," meddai Ffrancenstein wrth Peresfon.

Tybiodd gohebyddes o Japan, a oedd wrth law, mai gofyn cwestiwn iddi hi a wnaeth Ffrancenstein.

"Dim sosej," meddai.

Wrth glywed y gair 'sosej', "Wyff, wyff-wyff," cyfarthodd Peresfon.

"Waeth inni fynd am baned ddim," meddai Ffrancenstein.

"Gwnewch yn siŵr eich bod chi'n mynd i'r banc cyn mynd am baned," meddai'r Japanes. "Maen' nhw'n codi crocbris am ddiodydd a bwydydd er pan ydym ni yma."

"Ydyn m'wn," meddai Ffrancenstein. "Mi awn ni i Geredigion am baned."

"Maen' nhw'n rhatach yno," meddai'r Japanes, "hyd yn oed a chyfrif pris petrol am ben y baned."

Aeth Ffrancenstein a Peresfon i chwilio am le gwely a brecwast.

"Mi arhoswn ni am ryw dridiau," meddai Ffrancenstein, "mi fydd y criwiau Newyddion yma wedi hen 'laru a diflannu erbyn hynny."

Curodd Ffrancenstein ar ddrws melyn motel 'Mon Repos', lle efo cerdyn:

VACANCIES, REASONABLE TERMS

mawr yn ffenest ei swyddfa, ac un llai yn dweud "Knock". Cnociodd Ffrancenstein.

"Oes gennych chi le i ddau?" holodd.

"Pa ddau?" holodd y Musus Bête a agorodd y drws. Roedd hi'n wraig fain, esgyrnog, chwe throedfedd o dal, efo gwallt o liw haearn wedi ei dynnu'n dynn am ei phen, a thrwyn bwyellog.

"Ni'n dau," meddai Ffrancenstein.

"Chi – a chi! Smo chi'n dod â'r un hownd i'r lle hyn," meddai Musus Bête. "Mae'r peth yn groes i reole glanweithdra a heijîn."

"Tair noson," meddai Ffrancenstein.

Yma gwnaeth Ffrancenstein a Peresfon osgo i droi ymaith.

"Tair noson!" meddai Musus Bête.

"Tair noson," meddai Ffrancenstein eilwaith.

"Wêl oti fe'n gi pedigri?" gofynnodd Musus Bête.

"Pur," atebodd Ffrancenstein. " O hen deulu uchelwrol yn Rwsia."

"Otife nawr," meddai Musus Bête. Edrychodd fel rasal ar Peresfon. "Otife wedi arfer mynd allan i wneud ei fusnes?" holodd ymhellach.

Teimlodd Peresfon i'r byw wrth glywed yr ymholiad hwn, "Pa fath o ddynes ydi hon!" meddyliodd.

"Yn ddi-ffael," meddai Ffrancenstein. "Mae o wedi cael ei hyfforddi," ychwanegodd yn gelwyddog, "i agor drysau hyd yn oed. Y mae hyn yn hwyluso ei fynediad a'i ddyfodiad yn sylweddol mewn unrhyw argyfwng o 'fusnes'."

"Welwch chi'r ffens aco," meddai Musus Bête. Nodiodd Ffrancenstein. "Wel, os yw e'n cael galwad natur, ys gwedon ni, ma fe i fynd yr ochor arall i'r ffens, o diriogeth y motel hyn. Deall?" Sefydlodd ddau lygad fel dau gŷn ar wyneb Ffrancenstein.

"Hawsa peth yn y byd fydd iddo wneud hynny," meddai yntau.

Estynnodd Musus Bête allwedd a rhywfaint o rwd arni oddi ar fwrdd ac arno arysgrifen yn hysbysu'r cyhoedd fod Duw yn helpu'r rhai a'u helpai eu hunain.

"Ugain punt y noson i chi, a deg i'r ci," meddai, a rhoi'r allwedd i orwedd ar dudalen agored llyfr cofrestr hynafol. "Enwe yma," meddai, gan gyfeirio at linell arbennig, "Tâl ymlaen llaw. Brecwast o hanner awr wedi saith tan naw." Oedodd a gofyn, "Dŷch chi ddim yn llysieuwr ŷch chi?"

"Dydw i ddim ond y mae'r ci," clywodd Ffrancenstein ei hun yn dweud.

"Smo ni yma'n gwerthfawrogi jôcs tila . . . iawn," edrychodd Musus Bête ar y llyfr, "Musdyr Ffrancenstein . . . Sialé Un Deg Tri." Cyfeiriodd at y chwith.

Roedd y sialé, chwedl Musus Bête, yn well na'r disgwyl, yn lân, yn daclus, os nad yn pefrio o fodern. Ar ôl pryd o fwyd rhesymol ei bris yn y Lle Tjeinîs yn y pentref noswyliodd Ffrancenstein a Peresfon – un mewn gwely a'r llall ar y mat wrth y pibellau gwres canolog, oer.

Erbyn eu hail noson yn 'Mon Repos' fe ddangosai'r Newyddion ar y teledydd cyn-rentiedig yn eu sialé fod y Gohebwyr o bob math wedi blino disgwyl i bethau ddigwydd wrth y Llyn Du, a'u bod wedi mynd oddi yno'n un exodus Israelaidd, efo'u camerâu a'u meicroffonau a'u cordeddiadau o geblau.

"Ddeudis i'n do!" meddai Ffrancenstein.

"Wyff," cyfarthodd Peresfon.

"Rydw i am inni gychwyn yn fore fory, yn syth ar ôl i mi gael cawod, a brecwast," meddai Ffrancenstein.

"Wyff," cyfarthodd Peresfon.

Drannoeth bore-gododd Ffrancenstein ac ymlwybro i'r gawod. Un o'r rheini a osodwyd mewn bath ydoedd. Ar ôl gosod y llen blastig oedd ar un ochor i'r bath yn y lle iawn fel na fyddai'r dŵr yn tasgu allan, dechreuodd droi tap i droi'r dŵr arnodd a throi olwyn efo coch a glas arno i reoli'r tymheredd. Cafodd beth trafferth i gael y dŵr i bistyllio ar wres cyfforddus, ond unwaith iddo lwyddo i droi'r olwyn i'r lle iawn roedd o yno'n mwynhau ffrwd ddymunol ac yn canu un o'r caneuon poblogaidd yr oedd un o'r cantorion yn ei gyfansoddiad yn enwog am ei fersiwn ohoni pan, yn sydyn, swisiwyd y llen blastig yn agored. Yno safai gŵr ifanc, tebyg iawn o ran siâp ei gorff i Musus Bête. Roedd o'n gwenu'n lloerig ac yn dal cyllell fara yn ei law dde, llaw yr oedd wedi ei chodi – hyd y gwelai Ffrancenstein – yn barod i'w daro fo. Ffrwydrodd un o'r amryw garatwyr a oedd yng nghyfansoddiad Ffrancenstein o'i isymwybod. Caeodd y llen blastig gyda chyflymder Olympaidd a symud o un pen i'r bath i'r llall. Rhwygodd llafn y gyllell trwy'r plastig yn y lle y bu'n sefyll. Rhwygodd Ffrancenstein y llen o'i llu angorion bychain ar y rhesel alwminiwm oedd yn ei dal, ei lapio mewn eiliad am ben y gŵr ifanc a'i dynnu nes bod y pen hwnnw yn clatjio yn erbyn y wal wrth y bath nes y gellid bron weld sêr amryliw yn codi o'i gwmpas. Syrthiodd y gyllell yn glewt i'r bath a llithrodd y gŵr ifanc yn llipa i'r llawr y tu allan iddo.

Yma gwnaeth Peresfon ei ymddangosiad. "Diolch yn fawr, fy nghi ffyddlon!" meddai Ffrancenstein. Brifwyd teimladau Peresfon braidd gan goegni ei feistr. "Wyff," cyfarthodd a gafael yng ngwregys lledr y gŵr ifanc a'i lusgo at y drws. Yna edrychodd yn awgrymog at ddrws y bathrwm a oedd, erbyn hyn, yn agored. Deallodd Ffrancenstein yr awgrym, ac ymddiheuroddd, "Rhyw ddrws wedi ei gau?" gofynnodd.

"Wyff, Wyff," cyfarthodd Peresfon.

Ar ôl ei sychu ei hun, gwisgo crys a thrywsus, llusgodd Ffrancenstein y gŵr ifanc at y dderbynfa. Agorodd y drws a mynd i mewn, a Peresfon i'w ganlyn. Dechreuodd waldio'r gloch-sylw oedd ar y cownter yno. Nid ymddangosodd neb. Canodd Ffrancenstein y gloch eto, a chyfarthodd Peresfon ar ei uchaf. Neb.

"Ble mae'r ddynes yma?" meddai Ffrancenstein wrtho'i hun. Gollyngodd y gŵr ifanc ar y llawr ac agor y drws a âi am y tŷ gan weiddi, "Musus Bête! Musus Bête!" Doedd dim siw na miw o'r tŷ. Yna gwelodd esgidiau dynes ar y llawr, ac yn hongian uwch eu pennau, yn daclus, frat a ffrog a wig o wallt tynn lliw haearn. Saethodd y cwestiwn, "Ydi Musus Bête yn ei hongian ei hun yn fan hyn dros nos?" fel llafn trwy feddwl Ffrancenstein. Yna trodd yn ei ôl a dechrau edrych yn graff ar y gŵr ifanc a oedd yn rhyw ddechrau dadebru erbyn hyn. Dechreuodd hwnnw fwmial, "Ble'r ydw i?" Y llais ac nid y cwestiwn a aeth â sylw Ffrancenstein: llais Musus Bête oedd o. Edrychodd o'r gŵr ifanc at yr hyn a hongiai yn y lobi. Roedd y gŵr ifanc yn dod ato'i hun. Wrth weld Ffrancenstein yn sefyll uwch ei ben gofynnodd, yn llais Musus Bête, "A be ga i ei wneud i chi? Dydym ni ddim yn dechrau brecwast tan hanner awr wedi saith."

Defnyddiodd Ffrancenstein ffôn y swyddfa i hysbysu'r heddlu o'r hyn oedd wedi digwydd. Cyn pen hanner awr cyrhaeddodd car â'i lond o blismyn, a dau foto-beic yn cael eu marchogaeth gan ddau blismon arall. Ar ôl i Ffrancenstein ddweud beth oedd wedi digwydd, dywedodd y prif swyddog, "Rŷm ni wedi bod yn ame'r lle hyn ers ache. Roedd Musus Bête, fel y tybiem ni, yn dweud fod ei mab, Noirman, wedi diflannu ar daith yn Affrica; ond hwn, yn fan'ma, ydi Noirman – hogyn wedi ei ddifetha fu e erioed."

"Ai Musus Bête oedd yn dweud?" meddai Ffrancenstein, "Tybed nad y Noirman hwn ei hun oedd yn dweud . . . Os felly, ble mae Musus Bête?"

"Cwestiwn sylfaenol," meddai'r prif swyddog. "Fe archwiliwn ni'r tŷ o'r to i'r seler."

"Pa hawl sy gennych chi wneud hynny?" gofynnodd Noirman Bête yn llais Musus Bête.

"Boncyrs!" meddai un o'r plismyn, gan droelli ei fys ar ei arlais.

"Cytuno," meddai Ffrancenstein.

"Wyff!" cyfarthodd Peresfon.

Methodd Ffrancenstein a Peresfon fynd at y Llyn Du y diwrnod hwnnw, achos buont yn cynorthwyo'r heddlu. Cawsant hwy gynhaeaf toreithiog. Yn y seler, yn eistedd wrth injan wnïo daethant o hyd i sgerbwd treuliedig Musus Bête. Roedd wedi ei gwisgo mewn dillad gŵr ifanc.

"Marwolaeth naturiol yn debygol," meddai'r ddynes fforensig. Roedd hyn yn fwy nag y gellid ei ddweud am y saith corff dadfeiliedig a ddarganfuwyd mewn gwahanol rannau eraill o'r tŷ.

"Fe glirith hyn restr drosedde'r sir sydd heb eu datrys am chwe blynedd," meddai'r prif swyddog, a chan droi at Ffrancenstein a Peresfon, meddai, "Y mae heddlu'r rhanbarth yn drwm yn eich dyled, ac fe gewch eich gwobrwyo'n hael am eich help. Fe gewch chi aros heno, ar ein traul ni, yn un o westyau gore'r sir."

"Wyff Wyff Wyff," cyfarthodd Peresfon, yr hyn o'i gyfieithu ydi, "Ble mae'r brecwast ddar'u ni dalu amdano fo yn fan'ma?"

Y bore canlynol, ar ôl cael y brecwast Cymreig llawn, a'r un cyfandirol, cychwynnodd Ffrancenstein a Peresfon am y Llyn Du. Erbyn iddyn nhw gyrraedd yno roedd y lle'n wag a distaw a llonydd, ond bod yno olion y wasg a'r cyfryngau, yn stympiau sigareti fyrdd, caniau cwrw gweigion, bagiau seloffen brechdanau, a chwpanau polysteirin yr un mor weigion, a phethau eraill a oedd yn dystiolaeth o'u presenoldeb. "Digon i gadw unrhyw un draw," sylwodd Ffrancenstein gan edrych dros fân-donnau oer y llyn. "Ond rwyt ti'n sylweddoli nad oes yna ddim pwrpas i ni aros yma'n 'dwyt," meddai wrth Peresfon. Edrychodd hwnnw'n ymholgar, ac aeth Ffrancenstein ymlaen i esbonio, "Does gan Tagellyn ddim diddordeb ynom ni. Genod ydi ei bethau fo."

Ar hyn gwelodd y ddau gar isel, coch llachar yn dynesu. Stopiodd wrth eu hymylau nhw. Dadweiniodd gwraig ifanc bryd tywyll, goesog, ledrog, gwridog a gwlyb – fel yr ymddangosai – ei gweflau, o'r car.

"Haia," meddai, "Sianed ydw i, Sianed Wholesome."

Fe'i cafodd Ffrancenstein ei hun yn dweud, "Dwi'n siŵr," cyn brysio yn ei flaen i ychwanegu, "Ffrancenstein ydw i, Ffrancenstein Taliesin Ifas. A dyma fy nghi Peresfon."

Yma dechreuodd Peresfon udo yn uchel.

"Bydd ddistaw, bendith 'tad iti," meddai Ffrancenstein yn lled chwyrn.

Gwenodd Sianed; roedd hi wedi hen arfer clywed dynion yn udo wrth ei gweld hi, ond dyma'r tro cyntaf iddi glywed ci yn gwneud hynny.

“Mae hwn yn gi anghyffredin o gall,” meddai Sianed, gan wenu.

“Mi gymerodd ddau gynnig i basio ei Lefel A!” meddai Ffrancenstein, ac edrychodd Peresfon yn gam arno a dweud wrtho’i hun, “Coegni! Coegni!”

“A be mae lodes fel chi yn ei wneud mewn lle fel hyn?” gofynnodd Ffrancenstein.

“Gohebydd ydw i,” meddai hithau, “ac mi wyddwn y talai hi imi ddod yn ôl wedi i bawb arall fynd.”

“Pam felly?” holodd Ffrancenstein.

“Profiad,” atebodd hithau. “A be mae dyn fel chi yn ei wneud mewn lle fel hyn?”

Gwenodd Ffrancenstein a dweud, “Mynd â ’nghi am dro.”

“Oes gennych chi ddim ofn Creadur y Llyn Du?” gofynnodd hi.

“Dyn ydw i, ci ydi hwn, a does yna ddim peryg i’r un o’r ddau ohonom ni yma. Ond, amdanoch chi . . .” meddai Ffrancenstein.

“Be amdana i?” gofynnodd Sianed.

“Efallai na wyddoch chi ddim,” meddai Ffrancenstein, “ond mae’r Creadur sy na’n fan’ma yn sgut am ferched, yn enwedig merched,” oedodd, ac yna dywedodd yn herfeiddiol, “handi.”

“Handi!”

“Gair portmanteau,” meddai Ffrancenstein.

“Os nad oes gennych chi well pethau yn eich portmanteau,” meddai hithau, “mi fuasai’n well ichi gau eich ceg.”

“Wyff,” cyfarthodd Peresfon wedi ei blesio, yn enwedig ar ôl weip ei feistr am ei Lefel A.

“Merched disglair teg,” meddai gan ei gywiro ei hun, ac yna cafodd ei oruwchlywodraethu gan hen fardd o Ddyffryn Ceiriog, y llechai rhywfaint o’i awen yn ei gyfansoddiad. Dechreuodd adrodd, neu hyd yn oed lefaru, yn rhythmig:

“Fy nghariad i,
Teg wyt ti,
Gwawr ragori, lili lawen,
Bêr winwydden,

Fwynaidd feinwen,
Y gangen lawen lun . . ."

Yma oedodd, troi'n swil i gyd a dweud, "Sorri."

"Sorri?" meddai Sianed, a oedd yn llawer mwy cyfarwydd â phêl-droedwyr blysig nag â dynion tyner eu teimladau, heb sôn am feirdd. "Pam dweud sorri? Dyna'r geiriau tlysa y mae neb erioed wedi eu dweud wrthyf fi."

"Wyff wyff wyff," cyfarthodd Peresfon, a oedd yn tueddu i fod â'i bawennau ar y ddaear mewn pethau o'r fath.

"Genod teg y mae Tagellyn yn eu hoffi," meddai Ffrancenstein yn fwy rhyddieithol.

"Be ydych chi'n feddwl?" holodd Sianed.

"Mae o'n cipio merched teg ac yn eu cario nhw dan y dŵr," atebodd Ffrancenstein.

"Mae yna sawl merch a fu'n deifio yma wedi diflannu," ychwanegodd.

"Ydw i mewn peryg wrth y llyn yma?" gofynnodd Sianed gan gydgerdded â Ffrancenstein a Peresfon tuag at y cyfryw lyn.

"Cryn beryg rŵan," esboniodd Ffrancenstein, "mae hi'n digwydd bod yn amser pan mae Tagellyn yn eithaf . . . llon ei gyneddfau."

Erbyn hyn roedd Sianed wedi stopio a chan wynebu Ffrancenstein, ac â'i chefn at y llyn, meddai, "Does gen i ddim o'i ofn o."

"Da hynny," meddai Ffrancenstein, "achos y mae o newydd godi i'r wyneb o'r dyfnder."

Trodd Sianed fel bollten. Wrth y lan nesaf atynt o'r llyn, yn edrych arni, a hynny gyda chryn ddiddordeb, yr oedd Creadur y Llyn Du. Glyowai ei ddau lygad mawr melyn a glafoeriai llinyn arian o'i enau. Yna udodd – fel y bydd llyffaint yn udo, sef gan wneud sŵn tebyg i grawc, ond ei bod yn para'n hir.

"Ych a fi!" ebychodd Sianed. "Hwn ydi o!"

"Hwn ydi o," meddai Ffrancenstein.

Dechreuodd y Creadur ymlusgo'n afrosgo o'r dŵr gan adael stremp o lysnafedd gwyrdd a llaid o'i ôl. Roedd Sianed wedi ei pharlysu gan ofn.

"Sianed," meddai Ffrancenstein. Nid ymddangosai fel pe bai wedi clywed dim.

"Sianed," meddai wedyn.

"Be?" meddai hithau fel un mewn hunllef.

"Ydych chi'n gwybod y gân 'Ar ryw noswaith hudol . . .'?"

"Be . . . be ydi'r ail linell?" gofynnodd hithau.

"Ond odid gweli ddieithryn."

"Cyfieithiad – na addasiad sâl ar y naw ydi hwn o gân serch glasurol," meddai Sianed.

Wrth weld Tagellyn yn dynesu, "Cana ar fy ôl i," gorchmynnodd Ffrancenstein, "ar y dôn *Some Enchanted Evening*:

"Ar ryw noswaith hudol
Ond odid gweli ddieithryn
Ar draws rhyw gors fel hyn
Ac yna fe ddaw
Trwy wlybaniaeth a baw
I dy weld di dro ar ôl tro."

Canodd Sianed y geiriau, yn dra swynol dan yr amgylchiadau. Arhosodd Tagellyn yn ei unfan a daeth rhyw dynerwch rhyfeddol dros ei wedd. Yna dechreuodd yntau ymuno yn y gân – er nad oedd ei lais ddim gyda'r mwyaf soniarus – a dros y gors, ar lan y llyn, gellid clywed triawd yn cydgordio:

"Ar ryw noswaith hudol
Ond odid gweli ddieithryn
Ar draws rhyw gors fel hyn
Ac yna fe ddaw
Trwy wlybaniaeth a baw
I dy weld di dro ar ôl tro."

Ar ôl gorffen y gân torrodd Tagellyn i lawr a dechrau wylo dagrau melynion mawr.

"Fel hyn y mae hi bob tro," meddai Ffrancenstein.

"Rydych chi wedi ei weld o o'r blaen?" gofynnodd Sianed mewn syndod.

"Do, ond odid," meddai Ffrancenstein – roedd o wedi cymryd at yr ymadrodd yn y gân.

"Mae'n ddrwg gen i 'mod i wedi bod yn greadur annifyr," llefodd Tagellyn. "Ond unig ydw i te, ar fy mhen fy hun yn y llyn oer, du yma. Sut fuasech chi'n leicio byw yma."

"Ddim llawer," meddai Ffrancenstein.

"Ond beth am y genod del rwyt ti wedi eu cipio o dir y byw?" gofynnodd Sianed.

"Maen' nhw'n dal ar – os nad tir y byw – ddŵr y byw," meddai Tagellyn yn ddolefus.

"Ond pam rwyt ti eisio cymaint ohonyn nhw?" gofynnodd Sianed a oedd wedi dod ati ei hun yn weddol erbyn hyn, ac wedi dechrau trugarhau wrth Tagellyn.

"Heblaw am atyniad corfforol ysydd, ysywaeth, yn darfod inni i gyd yn ein tro, neu o leia'n amharu arnom ni'n llai rheolaidd," meddai, "fy nghariad at fiwsig."

"Dy gariad at fiwsig!" meddai Ffrancenstein yn syn.

"Am ffurfio côr cerdd dant," meddai Tagellyn. "Fy mreuddwyd erioed."

"Wyt ti'n meddwl dweud fod y genod del yn fyw?" gofynnodd Ffrancenstein.

"I gyd yn fyw," meddai Tagellyn.

"Ble maen' nhw te?"

"Yn fy ogof sych o dan y dyfroedd," meddai Tagellyn.

"Dydw i ddim yn coelio hyn," meddai Ffrancenstein a Sianed gyda'i gilydd.

"Wyff wyff wyff wyff wyff wyff," cyfarthodd Peresfon, sef, "Mae hyn yn rhy wirion."

"Mi a' i i 'nôl fy nghôr," meddai Tagellyn, "efallai y coeliwch chi wedyn."

Ymlusgodd yn ei ôl i ddŵr y llyn, a diflannu i'r dyfnder.

"Mae'n siŵr na welwn ni mono fo byth . . ." meddai Sianed, pan ymddangosodd Tagellyn eto yn cario ar ei gefn ddwy eneth deg ryfeddol. Gorffennodd Sianed ei brawddeg, ". . . eto."

Gosododd Tagellyn y ddwy yn dyner, dyner ar y lan, cyn dychwelyd eto i'r dyfnder. Ar ôl pedwar tro, dywedodd, "Dyma nhw i gyd."

"Wel, ferched," meddai Ffrancenstein, "daeth awr eich iachawdwriaeth."

"Iachawdwriaeth o ddiawl!" meddai un fenyw nobl bengoch, "Mae arna i eisio mynd yn ôl i ganu cerdd dant, efo," yma tynerodd ei llais, "Tagellyn bach."

Ymunodd y merched eraill i gyd efo'i gilydd a dechrau siantio:

> "Mae arnom ni chwant
> I ganu cerdd dant."

"Wel," meddai Ffrancenstein ar ôl iddyn nhw dewi mymryn, a chan fabwysiadu tôn briodol, "boed felly ynteu."

"Hwrehwrehwre," gwaeddodd y merched oll a rhuthro at Tagellyn gan weiddi ar draws ei gilydd, "Fi gynta, cariad."

Trodd Ffrancenstein at Tagellyn a dweud, yn ddifrif iawn ei dôn, "Ond dallt ti hyn, dim mwy o ddwyn merched clws."

"Cytuno," meddai Tagellyn, "wel . . . ddim am genhedlaeth arall."

Rhoddodd winc fawr ar Sianed a dechrau cartio ei harem gerddorol yn ôl i'r dyfnder. Ac yna, bwlch ni ddangosai lle bu.

"Rhaid imi ofyn ichi, er mwyn y llu sydd dan y llyn," meddai Ffrancenstein, wrth Sianed, "i beidio â gollwng y stori hon i fytheiaid y wasg."

Oedodd hi ennyd cyn ateb, ac yna dywedodd, "OK, os ewch chi â fi allan am bryd o fwyd."

"Dilynwch ni," meddai Ffrancenstein. Neidiodd o ar gefn ei fotobeic, neidiodd Peresfon i'w seicar, a neidiodd Sianed i'w char coch. Ac yna rhuodd y triawd tua'r machlud mwyn.

* * *

O fod yn hen gynefin â'r hyn a allai ddigwydd i'w feistr, gallai Peresfon weld, y bore hwn, fod rhywun hen yn ymddyrchafu i ymwybod ei feistr. "Un o'r hen ieithoedd fydd hi heddiw, m'wn," meddai wrtho'i hun. A gwir y gair. Yn ogystal ag ysgrifennu dechreuodd Ffrancenstein lefaru Lladin yn rhythmig:

Maenala transieram latebris horrenda ferarum
et cum Cyllene gelidi pineta Lycaei . . .

Yma udodd Peresfon. "Cymraeg ie?" gofynnodd Ffrancenstein.

"Wyff," meddai Peresfon.

"Os felly, Cymraeg amdani ynteu," meddai Ffrancenstein. "Yr hen Ofydd sydd yn codi o'r dyfnderoedd ynof fi. Sôn yr ydw i am Iau, prif dduw'r Rhufeiniaid yn mynd i ymweld â dyn drwg iawn, Lycaon. Dyma iti gyfieithiad o'r Lladin:

Fe groesais i Maenalos ddreng a'i ffeuau o
Wylltfilod, a chroesais i goed pîn Lycaeus oer
Ynghyd â chopa Cyllene."

Aeth Ffrancenstein rhagddo, ond ni wrandawai Peresfon nes iddo ddod at ddarn lle'r oedd y duw wedi cosbi Lycaon am ei fod wedi rhoi prawf ar ei dduwdod trwy gynnig cnawd dyn wedi ei rostio iddo fo yn fwyd. Y gosb oedd ei droi o'n flaidd, blaidd ac arno olion y dyn oedd o cynt:

Yna, ei ddillad o
A drodd i gyd yn flew, ei freichiau o yn goesau;
Fe drodd o yn flaidd, ond gallodd gadw olion
O'i hen ffurf – ei ben brith yn un; gerwindeb
Ei wyneb o yn un; gloywder ei lygaid o
Yn un; a'i un hen olwg ffyrnig.

"O-o," meddai Peresfon wrtho'i hun, "dydw i ddim yn hoffi hyn – y newid yma i fod yn flaidd."

Ac yr oedd ganddo reswm da dros ddweud hyn.

Roedd hi'n fis Medi, a lleuad yn chwyddo i'w llawnder melyn crwn yn eglurder glas y nos. Dechreuodd Peresfon fod yn anesmwyth: gwyddai'r arwyddion – ei feistr yn cerdded yn ddibwrpas o gwmpas y tŷ ac yn mynd i mewn ac allan fel petai'n methu gwybod beth i'w wneud efo fo'i hun. Roedd o hefyd yn yfed dŵr yn anarferol o aml. Ac er ei bod hi wedi dechrau oeri ers i'r dydd dynnu ei droed ato, roedd o'n cwyno ei bod hi'n boeth iawn. A'r noson pan oedd y lloer yn llawn dechreuodd blew dyfu ar gefnau ei ddwylo ac ar ei wyneb. Roedd ei feistr yn troi'n ddyn-flaidd, neu Blaiddyn fel y dechreuodd Peresfon ei alw. Dyma'r amlygiad anhawsaf o fodolaeth arall i Beresfon allu ei oddef yn ei feistr, oblegid bleiddgi oedd o'i hun a'i reddf yn gryf at erlid a lladd unrhyw flaidd. Câi drafferth fawr i gofio mai ei feistr oedd y creadur blewog a ymddangosai yn eu cartref, un yr oedd ei wyneb yn graddol ymestyn a meinhau i fod yn wyneb blaidd. Unwaith yr oedd y trawsffurfiad wedi digwydd roedd yn rhaid i Blaiddyn gael mynd allan. Y funud yr oedd o allan gwthiai Peresfon y drws yn gaead â'i bawennau rhag iddo gael ei demtio i ymosod ar y creadur dychrynllyd o hyll oedd wedi dod i'r aelwyd. Gallai Peresfon glywed sŵn ewinedd Blaiddyn ar y concrit y tu allan i'r ffenest, sŵn a barai i'w wrychyn godi, hanner mewn cynddaredd a hanner mewn ofn. Yna roedd hi'n hollol ddistaw. Ymhen y rhawg deuai sŵn udo lloerig o bell i glustiau Peresfon, a dechreuai yntau grafu'r drws â'i ewinedd cryfion fel yr âi ei reddf ymlid-bleiddiaid yn raddol yn drech nag o. Diolchai fod y drws ynghau.

Fel arfer, byddai Ffrancenstein yn ei ôl yn weddol gynnar fore trannoeth, yn gorwedd ger drws y tŷ. Graddol newidiai i'w siâp dynol, ond byddai'r broses yn ddirdynnol o annymunol i Peresfon. Yn y diwedd, safai Ffrancenstein ar ei draed, agor drws y tŷ a chwympo i mewn, yn fudr a lluddedig. Chwyrnai Peresfon, a chadw rhag mynd yn rhy agos ato. Yr hyn na wyddai Peresfon oedd beth a wnâi ei feistr pan oedd o allan, ac i ble yr âi. Fel arfer, byddai Ffrancenstein yn newid yn Blaiddyn am dair neu bedair noson, ac yna byddai pethau'n dod yn ôl i'w trefn.

Y tro hwn roedd hi'n drydydd bore a disgwyliai Peresfon glywed sŵn ei feistr y tu allan, ond roedd hi'n hollol dawel. Ceisiodd yntau edrych allan trwy ffenestri'r tŷ, ond heb weld dim blewyn o'i feistr. Dechreuodd anesmwytho.

Yr hyn oedd wedi digwydd oedd hyn. Ar ôl iddo fynd allan dan y lloer, dechreuodd Blaiddyn ei gwneud hi am fedd Gelert, bedd sydd, mewn gwirionedd, beth pellter o'r fan lle tybir y mae, yng ngardd gefn tyddyn mynyddig lle, fel y digwyddai, y trigai y Ddynes-Lle-Dôl yr arferai Ffrancenstein ymweld â'i swyddfa. Yn y tyddyn hwn cadwai hi ychydig ieir organig a mochyn yr un mor organig. Arfer Blaiddyn oedd eistedd ar y bedd ac udo'n oer ei alarnad, hwyr ond ddiffuant, am rai o'i gyndadau a gollodd eu heinioes yn yr ysgarmes â chi Llywelyn. Y noson hon roedd hi braidd yn hwyr ar y Ddynes-Lle-Dôl yn mynd i gau'r cwt ieir. Gadawodd ddrws cefn y tŷ yn llydan agored fel yr âi gyda'i lamp i gau ar yr ieir. Ni welodd Blaiddyn yn eistedd ar y twmpath anhydrin yn yr ardd. Wrth weld y golau a chlywed aroglau cawl aeth Blaiddyn draw i snwyro. Yna gwelodd y Ddynes-Lle-Dôl ar ei ffordd yn ôl, a chiliodd yntau i ystafell fechan dywyll yn y pasej a arweiniai o'r gegin, ystafell oedd â'i drws yn agored. Daeth y Ddynes-Lle-Dôl i mewn, a chau'r drws cefn. Stwffiodd Blaiddyn ei ben allan heibio ochor drws yr ystafell dywyll. Yn y fan, adnabu'r wraig oedd wrthi'n tywallt cawl o sosben i fowlen a oedd ar y bwrdd. Yr oedd yn flaidd, y mae'n wir, ond nid yn hollol, yr oedd hefyd yn ddyn – dyna ddwy brif nodwedd unrhyw flaidd-ddyn. Cafodd ei dynnu ddwy ffordd: roedd y blaidd ynddo am ymosod, a'r dyn ynddo am gadw rhag gwneud hynny, yn enwedig efo hon. Tynnodd ei ben yn ôl a dechrau meddwl sut yn y byd y medrai fynd allan yn ei ôl i eistedd ar fedd Gelert. Eisteddodd. Ar ôl peth amser clywodd sŵn traed yn dynesu. Cyn iddo gael cyfle i wneud un dim tynnodd y Ddynes-Lle-Dôl ar linyn y golau a chafodd hi, a oedd yn hen gynefin â siociau beunyddiol y Lle-Dôl, un o siociau mawr ei bywyd. Ar ban caeëdig ei lle chwech yr oedd blaidd yn eistedd. Syllodd hi arno fo ac yntau arni hi am ennyd a ymddangosai'n hynod o hir ond a oedd, mewn gwirionedd, yn syfrdanol o fyr. Yna caeodd hi ddrws ei thŷ bach gyda sydynrwydd arswydus.

Ar ôl lled ddadebru o'i sioc yntau clywodd Blaiddyn y Ddynes-Lle-Dôl yn ffonio.

"Polîs? . . .

Na nid y gwasanaethau tân yr ydw i eisio . . .

Na nid ambiwlans . . .

Ie, polîs . . .

Magdalen Lwgosi, Ty'n Pistyll, Nant Gwennan . . .

Be ydych chi'n feddwl 'A ydi o'n fater o frys?' Pam arall y buaswn i'n ffonio . . .

Dydi o ddim ots gen i faint o alwadau ffug yr ydych chi'n eu cael, mae hyn yn fater o wir argyfwng . . .

Mi ddweda i ichi a ydi o'n wir argyfwng neu beidio: mae yna flaidd yn fy nhŷ bach i! . . .

Be ydych chi'n feddwl efo'ch 'tŷ bach twt' ac a ydw i'n gwisgo fy hugan goch? . . .

Yn rhwym? Sut y gwn i? . . .

O! Wedi ei glymu'r ydych chi'n feddwl. Na . . .

Bendith y tad, treiwch ddallt fod yna FLAIDD yma yn rhydd . . .

Blaidd ydi blaidd, ddyn . . .

Be ydych chi'n feddwl blaidd-ddyn? A does gen i affliw o ddiddordeb yn y ffilm arswyd a welsoch chi . . .

Mae yna flaidd, B, L, A, I, DD, blaidd yn fan'ma . . .

Gyrru rhywun draw o Ben Llŷn, ond mae fan'no filltiroedd o fan'ma . . .

Be ydych chi'n feddwl – fy nghysylltu i â'r gwasanaeth ateb newydd yn India 'te . . . Dydyn nhw ddim yn dallt Cymraeg yn fan'no . . .

Eu hanner nhw ddim yn dallt Cymraeg yn 'fan hyn chwaith. Wêl, mae gennych chi boint yn fan'na, ond – os ca i awgrymu – nid dyma'r fan na'r lle i drafod pethau fel'na . . .

Be, mi wnewch eich gorau am fy mod i'n Gymraes . . .

Wel diolch yn fawr! . . .

A phryd y cyrhaeddith y car-sgwad? . . .

Ryw ben yn ystod y nos. A be ydw i i fod i'w wneud efo blaidd yn fy nhŷ? . . .

Treio cysgu i fyrhau'r amser! . . .

Helo . . . Helo."

Roedd yr alwad ffôn ar ben, ond clywodd Blaiddyn y Ddynes-Lle-Dôl yn dweud wrthi'i hun, fel y tybiai, "Mae'r holl sioe'n mynd â'i phen iddi; roedd nain yn llygad ei lle." Yna clywodd sŵn traed yn cilio, a bu tawelwch mawr.

A thawelwch hir iawn hefyd. Clywodd Blaiddyn geiliog yn canu'n floesg. "A!" meddai wrtho'i hun, "rhaid fy mod i wedi cysgu." Nid yn unig hynny ond roedd o'n prysur droi'n ei ôl i fod yn fo'i hun, Ffrancenstein. Cymerodd hanner awr arall iddo lwyr newid. Agorodd ddrws y tŷ bach yn garcus, gwrandawodd. Clywodd sŵn chwyrnu benywaidd o'r ystafell fyw. Edrychodd rownd y drws yn eithriadol o ofalus, a gweld y Ddynes-Lle-Dôl yn cysgu'n drwm ar y soffa. Caeodd y drws yn dawel. Aeth allan trwy ddrws y ffrynt. Roedd ar fin mynd o'r lle gynted fyth ag y gallai pan ddaeth mochyn clên o gefn y tŷ, un ai wedi llwyddo i ddod allan o'i dwlc, neu'n un a rodiai mewn rhyddid organig. Daeth syniad anwrthsafadwy i ben Ffrancenstein. "Pam lai," meddai wrtho'i hun. Cydiodd yn dyner yn un o glustiau'r porcyn a'i arwain yn dyner i mewn i'r tŷ, ac yna draw i'r tŷ-bach. Croesawodd y mochyn ei fynediad i gynteddau amgenach na'i dwlc gyda rhochiad bychan o lawenydd. Caeodd Ffrancenstein y drws arno, mynd allan fel cysgod, a'i g'leuo hi am adref. Cafodd y croeso Antarctig o oeraidd arferol – i 'Blaiddyn' – gan Peresfon.

"Does dim ond gobeithio fod y lol yma ar ben rŵan," meddai hwnnw wrtho'i hun.

Pan oedd y wawr yn euro pennau'r bryniau uwch bedd Gelert â'i thyneraf ddwylo, pwy gyrhaeddodd dŷ'r Ddynes-Lle-Dôl ond yr HEDDLU mewn car amryliw. Cnociodd heddwas cydnerth, gyda heddforwyn osgeiddig o'i ôl, ar y drws ffrynt. Ymhen peth amser agorwyd hwnnw gan y Ddynes-Lle-Dôl, yn edrych fel pe bai wedi treulio noson mewn tas wair.

"Bore da, Ms Lwgosi," meddai'r heddwas, gan gadw wyneb syth, "wedi dwad yma ynglŷn â'r blaidd yr ydym ni."

"Hen bryd hefyd," meddai'r Ddynes-Lle-Dôl. "Dydi cael blaidd yn eich tŷ-bach ddim yn un o brofiadau mwyaf dymunol bywyd."

Daeth yr heddgeidwaid i'r tŷ.

"Lle mae o?" gofynnodd yr heddwas.

"Hwn'na ydi drws y tŷ-bach," meddai'r Ddynes-Lle-Dôl.

Arwyddodd yr heddwas, yn ddramatig, ar i'r heddforwyn a'r Ddynes-Lle-Dôl gilio'n ôl, a chyda chyffyrddiad gyda'r ysgafnaf agorodd ddrws y tŷ-bach. Ni allai weld dim byd i ddechrau.

"Treiwch dynnu llinyn y golau," meddai'r Ddynes-Lle-Dôl.

Ufuddhaodd yr heddwas. Bu ennyd o ddistawrwydd. O'i flaen, yn eistedd ar orsedd gaeëdig gwelodd yr heddwas fochyn braf, y gallai daeru ei fod yn gwenu arno. Gwenodd yntau'n ôl. Yna llefarodd, "Blaidd anghyffredin iawn, os ca i ddweud Ms."

Daeth y Ddynes-Lle-Dôl a'r heddforwyn ato i sbio.

"Ond Ysgithrwyn," meddai'r Ddynes-Lle-Dôl, "be wyt ti'n ei wneud yn fan'ma?"

Rhochiodd Ysgithrwyn yn glenia' fu erioed, gan ddal i eistedd ar yr orsedd, a thaerodd yr heddforwyn ei fod wedi rhoi winc arni. Yma dechreuodd yr heddwas snwffian yn weladwy.

"Ylwch," meddai'r Ddynes-Lle-Dôl, "os ydych chi'n awgrymu 'mod i'n smocio pot rydych chi'n gwneud cythraul o gamgymeriad. Neithiwr, rydw i'n dweud wrthych chi, roedd yna glamp o flaidd hyll yn y tŷ-bach yma."

Tynnodd yr heddwas lyfryn a beiro o'i logell. Ysgrifennodd a dywedodd, "Noson y trydydd ar ddeg o Fedi."

"Faint o'r gloch?" holodd.

"Ryw ben ar ôl deg," meddai'r Ddynes-Lle-Dôl.

"Ar ôl yr ail awr ar hugain," ysgrifennodd a dywedodd, "gwelodd Ms Lwgosi flaidd yn ei thŷ-bach. Pan gyrhaeddodd yr Heddforwyn Gwenda Jones a minnau ar y seithfed awr o'r pedwerydd ar ddeg o Fedi, nid oedd blaidd yn y tŷ-bach, ond yr oedd mochyn, nad edrychai'n debyg i flaidd i ni, yno." Oedodd a throi at y Ddynes-Lle-Dôl a dweud, "Y mae gwastraffu amser yr heddlu'n drosedd ddifrifol, ichi gael dallt."

"Ond rydw i'n dallt, ddyn," meddai'r Ddynes-Lle-Dôl, "a phetaech chi'n rhywbeth amgenach na phlisman-drama mi fuasech chi'n archwilio'r lle-chwech yna'n fwy gofalus nag y gwnaethoch chi."

Cyrhaeddodd y geiriau 'plisman-drama' i'r byw, oblegid nad dyma'r tro cyntaf iddo eu clywed, a chan droi'n ei ôl at y tŷ-bach, dywedodd, "Prin wedi dechrau'n harchwiliadau'r ydym ni. Tyrd Gwenda."

Yr oedd y tŷ-bach yn un eithaf helaeth, mewn gwirionedd, ond doedd yna ddim lle yno i'r mochyn a'r heddwas a Gwenda.

"Dowch i symud y mochyn yma, plîs," erfyniodd yr heddwas.

"Tyrd Ysgithrwyn," meddai'r Ddynes-Lle-Dôl, a daeth yntau gan wenu'n annwyl ar bawb. Ar y gair, "Allan," symudodd yn ufudd at y drws ffrynt.

Aeth y Ddynes-Lle-Dôl at ddrws y tŷ-bach a syllu i mewn yn fanwl. Yn sydyn meddai, "Sbiwch!"

Dilynodd yr heddwas ei bys ac, ar y llawr yn y man y cyfeiriai ato, yr oedd yna olion clir pawennau mawr blaidd. Crafodd yr heddwas ei ben, a phlygodd Gwenda i gael gwell golwg ar y dystiolaeth.

"Mae'r rhain yn olion anifail go fawr," meddai Gwenda, a oedd yn berchen Alsesiyn ac a wyddai am bethau o'r fath.

"Mi gadwn ni'n glir o fan'na," meddai'r heddwas, "ac mi adwn ni i'r fforensigs ddwad yma i drafod hwn'na." – I ddim pwrpas, gyda llaw.

Diwedd y stori oedd pennawd mawr mewn papur dyddiol poblogaidd iawn yn dweud:

PC FINDS PIG IN WC

Âi'r adroddiad o dan y pennawd rhagddo i nodi fod gan y mochyn bawennau blaidd. Bu'r pwnc yn destun dyfaliadau a llythyrau fyrdd, a chafwyd cymariaethau â chathod enfawr neu biwmas yr oedd amryw aelodau o'r cyhoedd wedi eu gweld mewn rhannau o Gymru. Un peth a ddaeth â diwedd hapus i'r stori oedd fod y Ddynes-Lle-Dôl wedi gwneud paced – o gyfweliadau teledu a radio, ac wedi cael ei chwarter awr, a mwy, o enwogrywdd yn sgîl Blaiddyn.

* * *

Ar ôl dychwelyd adref i 'Drylliau' mwynhaodd Ffrancenstein a Peresfon gyfnod o dawelwch dymunol, gyda Ffrancenstein yn cael ei yrru gan wahanol awduron' yn ei gyfansoddiad i ysgrifennu ar rai boreau. Bu i'w brofiad diweddaraf o droi'n flaidd gael dylanwad go drwm arno y tro hwn, gan fod y profiad mor arteithiol iddo fo ag ydoedd i Beresfon. Dechreuodd fyfyrio o ddifrif am esblygiad, ac am ddyn yn graddol dyfu o'i fodolaeth anifeilaidd, a daeth bodolaeth Nofelydd o'r Almaen yn gryfach, gryfach ynddo nes ei fod yn ei gael ei hun yn estyn am ei ysgrifbin a'i bapur ac yn llunio'r pwt a ganlyn. Ystyriaeth a gododd o wylio mwncïod sydd yma:

> Daw profiadau cynnar bywyd yn ôl mewn ffordd lawer dwysach, ac yn awr teimlwn fy hun wedi ymgolli yn y gweithgarwch o edrych – gyda llygaid oedd yn archwilio a chalon yn curo – a gweld rhywbeth oedd wedi bod yn ymlafnio tuag ata'-i o bellterau llwyd y cynfyd.
>
> Iechyd annwyl, yr oedd y creaduriaid bach blewog hyn, oedd yn swatio efo'i gilydd yn dyrrau bach diniwed, fel pe baen' nhw'n ymgynghori – mewn rhyw gwynfan a hisian cyn-ieithyddol – ynglŷn â'r ffordd o oroesi a ffynnu ar ddaear a oedd wedi ei meddiannu gan greaduriaid oedd yn llawer amgenach na nhw, ac wedi eu harfogi yn gryfach na nhw.

A oedd y dod-i-fod digymell hwnnw yr oeddwn i wedi clywed amdano – y gwahanu oddi wrth yr anifail – wedi digwydd yn barod neu beidio?

Yr oedd, yr oedd. A dyma'r prawf ohono, yn ymwybyddiaeth amlwg y creaduriaid bach blewog hyn o'u dieithrwch a'u diymadferthedd mewn byd oedd wedi ei draddodi i eraill, byd lle nad oedd ganddyn nhw ynddo fo na chyrn nac ysgithredd, na ffangau, nac arfogaeth o asgwrn, na safnau o haearn. Ac eto, rydw i'n argyhoeddedig eu bod nhw eisoes yn gwybod – ac yn trafod hynny wrth gwrcwd yno – eu bod nhw o amgenach clai na phob bwystfil rheibus.

Wedi iddo ysgrifennu'r geiriau dechreuodd deimlo'n drist. "Na'r naill beth na'r llall," meddai am ei gyflwr ei hun, "Ni wyddys beth yw 'nghnawd – dyn, anifail, ynteu pysgawd." Pan welai Peresfon ei feistr yn y tristwch hwn, a ddeuai drosto bob hyn-a-hyn, deuai ato a rhoi ei ben ar ei arffed ac edrych yn dyner arno.

*　　*　　*

Roedd hi'n fis Rhagfyr, ac ym mhobman roedd arwyddion fod y Nadolig yn nesáu. Wrth feddwl am y Nadolig teimlai Ffrancenstein, fel y gwnâi ar yr amser hwn o'r flwyddyn, braidd yn ddigalon: doedd o ddim fel pawb arall; doedd ganddo fo – er ei fod yn lluosog – neb ond Peresfon. Ac yntau yn y pruddglwyf hwn, o ddyfnder ei fod cododd hen fardd i'w ymwybod ac fe'i cafodd ei hun yn ysgrifennu cyfieithiad hwnnw o eiriau hen garol Ladin:

O deuwch ffyddloniaid,
Oll dan orfoleddu
O! deuwch, O! deuwch i Fethlehem dref . . .

Gwnaeth y geiriau o'n fwy llawen, ac ar yr un pryd yn fwy trist. Yn nhywyllwch oer y flwyddyn dechreuodd ddyheu am oleuadau. "Tyrd," meddai wrth Peresfon, "mi brynwn ni oleuadau a thrimins." Hwyliodd meddwl Peresfon yn ôl i chwedlau oedd wedi treiglo trwy gof ei deulu am eiraoedd mawrion Rwsia a chlychau cerbydau yn yr oerfel, ac eglwysi yn pelydru o liwiau a goleuadau. "Wyff!" cyfarthodd. Gweddnewidiwyd y tŷ.

Ar ddiwrnod y Nadolig roedd Ffrancenstein a Peresfon wedi ciniawa'n dda – perswadiwyd Peresfon i flasu ychydig bwdin Dolig hyd yn oed, ond doedd peth felly ddim yn wirioneddol at ei ddant o. Yn y prynhawn roedd ffilm gartŵn Walt Disney am Pinnochio, yr hogyn pren, yn cael ei dangos ar y teledydd. Yn niwedd y stori, i gyfeiliant tannau a goleuadau, y mae un o'r tylwyth teg yn dod a, chyda hudlath, yn troi yr hogyn pren yn hogyn go-iawn.

"Dyna iti ddiwedd hapus," meddai Ffrancenstein wrth Peresfon.

"Wyff," cyfarthodd yntau, braidd yn floesg gan fod dagrau yn ei lygaid.

Yna daeth cnoc ar y drws. Cododd Ffrancenstein a'i agor. Yno safai merch ifanc, brydferth iawn, a dieithr. Er bod y tywydd yn oer roedd hi'n gwisgo ffrog ysgafn las a gwyn, ac roedd hi'n gwenu. Syllodd Ffrancenstein arni mewn syndod mud.

"Wyff," cyfarthodd Peresfon gan ddod â'i feistr ato'i hun.

"Wel, dowch i mewn o'r oerfel," meddai Ffrancenstein. "Pam yn y byd mawr yr ydych chi allan wedi gwisgo fel yna ar y fath dywydd?" Yna ychwanegodd gwestiwn o esboniad posibl, "Parti gwisgo-i-fyny?"

Gwenodd y ferch ifanc a dod i mewn.

"Eisteddwch wrth y tân," meddai Ffrancenstein, ond heb iddo fo na Pheresfon fynd yn rhy agos at y gwres. Ar ôl eistedd edrychodd y ferch ifanc o'i chwmpas. "Rydw i'n cael y teimlad fod yna lawer iawn o bobol yma," meddai.

Cododd Ffrancenstein ei ysgwyddau, a dweud, "Y mae yma lawer o bobol, ond eto does yma ddim ond un." Yna ychwanegodd, "Un, ac un ci."

"Rydym ni," meddai'r ferch, "yn cael ein hanfon weithiau . . ."

"O ble'r ydych chi'n dod?" holodd Ffrancenstein.

Gwenodd y ferch, a mynd yn ei blaen, ". . . yn cael ein hanfon yma weithiau i beri newid."

"Nid un o ffor'ma ydych chi mae hynny'n amlwg. O ble'r ydych chi'n dod?" holodd Ffrancenstein.

"Pam ei bod hi mor bwysig ichi gael gwybod o ble'r ydw i'n dod? Y peth pwysig i chi ydi fy mod i yma."

Dynesodd Peresfon ati a rhoi ei ben ar ei thraed.

"Mae'ch ci chi'n fy nerbyn i am yr hyn ydw i," meddai hi.

"Mae o'n gi call, dwi ddim yn dweud," meddai Ffrancenstein, "ond . . ." Ni orffennodd ei frawddeg.

"Mae yna gall a chall," meddai hithau.

"Gwir," cytunodd Ffrancenstein.

"Rŵan te," meddai hi, "fel roeddwn i'n dweud, rydym ni'n cael ein hanfon yma weithiau i beri newid. Newid er gwell, gan amlaf."

"Fuaswn i ddim yn dymuno gweld unrhyw newid er gwaeth," meddai Ffrancenstein.

"Y mae rhai sy'n haeddu gwaeth," meddai hithau.

Dechreuodd Ffrancenstein deimlo'n anesmwyth, a synhwyrodd y ferch ifanc hynny.

"Peidiwch â phoeni," meddai, "dydych chi ddim yn un o'r rheini."

"Mae'n dda gen i glywed," meddai Ffrancenstein. Yna sylweddolodd ei fod wedi dod i dderbyn dieithrwch y ferch a'i rhyfeddod fel rhywbeth naturiol. Teimlodd y Diogenes sinigaidd ynddo yn anesmwytho. "Ond dydi . . ." cychwynnodd.

"Rydw i'n gwybod pwy ynoch chi sy'n dweud," meddai hithau. "Sinig sâl oedd Diogenes. Ond y mae yna rywun dragwyddol yn dweud drwoch chi, ac yn gwneud drwoch chi, on'd oes."

"Yr holl bobol yma," meddai Ffrancenstein.

"Wedi dod yma i newid hyn'na'r ydw i," meddai'r ferch.

"Newid yr holl bobol! Ond fydda i ddim yn bod wedyn," meddai Ffrancenstein.

"Fyddan *nhw* ddim yn bod wedyn," meddai hithau.

"Ond y nhw ydw i," meddai Ffrancenstein.

"Gwir. Ond nid y gwir i gyd," meddai'r ferch. "Y mae yna newid wedi dechrau ynoch chi. Rydych chi wedi dechrau bod yn chi'ch hun. Fy ngwaith i ydi'ch gwneud chi i gyd yn chi'ch hun."

"Ydi peth felly'n bosib?"

"I mi, ydi."

"Ond rydw i wedi cael fy nghreu mewn ffordd wahanol i bawb."

"Ydych. Rydych chi wedi eich creu trwy ymyrraeth, ond ymyrraeth nad ydi o ddim yn llwyddiant hollol. Dyna pam nad ydych chi ddim yn chi'ch hun."

"Yr holl bobol yma!"

"Yr holl bobol yna," meddai'r ferch. "A rŵan rydych chi'n teimlo'n gysglyd."

"Wedi bwyta gormod . . ." Teimlodd Ffrancenstein ei hun yn cael ei orchfygu gan gwsg rhyfedd, oblegid nid syrthio yr oedd o, ac nid mynd i dywyllwch yr oedd o, ond esgyn i ryw oleuni rhyfedd.

Yna deffrôdd yn araf. Edrychodd o'i gwmpas, a daeth yn ei ôl i ganol cynefin bethau. Doedd yna ddim merch ifanc yn eistedd wrth y tân, ond roedd Peresfon yn cysgu â'i ben wrth droed y gadair lle'r oedd hi wedi bod.

"Biti hefyd," meddai Ffrancenstein wrtho'i hun. "Biti na fuaswn i . . ."

Ar hyn deffrôdd Peresfon. Syllodd yn hir ar y gadair wag. Yna trodd at ei feistr a syllu, mewn penbleth, yr un mor hir ar hwnnw.

"Dwyt ti ddim yn fy nabod i'r hen greadur?" gofynnodd Ffrancenstein.

"Wyff," cyfarthodd yntau wrth glywed llais ei feistr, a chodi ar ei draed ôl i lyfu ei wyneb. Yna trodd Peresfon ei wyneb at ddrws – cilagored – y tŷ, a syllu arno gyda rhywbeth tebyca 'welsoch chi erioed i syndod cosmig yn ei lygaid.